U0916774

“北雁南飞”与钢铁脊梁

彭志良 林志超 主编

图书在版编目（CIP）数据

“北雁南飞”与钢铁脊梁 / 彭志良，林志超主编
. -- 长沙：湖南文艺出版社，2023.9
ISBN 978-7-5726-1428-6

Ⅰ.①北… Ⅱ.①彭… ②林… Ⅲ.①故事－作品集
－中国－当代 Ⅳ.①I247.81

中国国家版本馆CIP数据核字(2023)第184482号

“北雁南飞”与钢铁脊梁

“BEIYAN NANFEI” YU GANGTIE JILIANG

主　　编：彭志良　林志超
编　　辑：胡佩生　刘　丽　王文新　刘纲要　王班勇
时　代　周雪鸥　饶　芳　杨第高
资料收集：时　代　梁师益　宋韵洁

出 版 人：陈新文
责任编辑：张　璐　胡笑雨　陈　焜
装帧设计：嘉泽文化 / 無茗
内文排版：嘉泽文化

出版发行：湖南文艺出版社
（长沙市雨花区东二环一段508号　邮编：410014）
网　　址：www.hnwy.net
经　　销：新华书店
印　　刷：长沙超峰印刷有限公司
开　　本：710mm×1000mm　1/16
印　　张：15
字　　数：200千字
版　　次：2023年9月第1版
印　　次：2023年9月第1次印刷
书　　号：ISBN 978-7-5726-1428-6
定　　价：68.00元

《湘钢故事》编委会成员

文化是企业行稳致远的定海神针（代序）

赵振营

今年是湘钢建厂 65 周年，公司准备从今年起陆续编辑出版几本与湘钢文化有关的故事书。我认为，感怀于故事，归旨在文化，对内凝聚员工，对外树立形象，可读可悟，是一件非常有意义的事。通过讲故事，呈现湘钢践行习近平总书记做强做优做大国有企业重要指示所产生的“湘钢现象”，对其他企业也是一种借鉴。

1958 年开始，一批又一批钢铁之子“北雁南飞”，怀揣“建好主席家乡，建设钢铁强国”的美好初心汇聚湘江之滨，建设湘钢，发展湘钢。65 年风雨兼程，湘钢从一个名不见经传，经历过多轮生存危机，甚至差点“死”掉了的传统老国企，崛起为全球最大的宽厚板制造基地，赢利能力跻身全国行业前列，为英雄辈出的湖湘大地谱写新的传奇篇章，为中国钢铁业建立全球竞争力作出重要贡献。奋斗文化，激励着一代又一代湘钢人争做“钢铁脊梁”的使命担当。

我是湘钢子弟，又长期工作在湘钢，调到省国资委任职期间，考察过很多企业，也研究过很多案例。不少人向我探询“湘钢现象”，我跟他们说，湘钢的发展壮大，绝对不是凭空来了机遇、天上掉了馅饼，这里边其实都是有故事的。故事背后的底层逻辑，就是湘钢文化。

一

2000 年开始，湘钢在国有企业中率先取消厂处级干部任期制，推行以民主测评、综合考核、尾数免职为特征的动态管理机制。民主测评，职工群众是评价主体；综合考核，重在工作绩效；民主测评、综合考核排在尾数的就地免职。把干部队伍建设好，企业就有人干事了。

这种机制，是建立在湘钢“人尽其才，多维发展，动态激活”理念下的“赛马”机制，是为了把企业搞好，根本不是跟谁过不去。所以，湘钢尾数淘汰处级干部，完全是公事公办，不存在个人恩怨。一位处级干部跟我说，这个考核办法简直是放只老虎在后面追我们啊，想慢都不敢慢。后来，湘钢的尾数淘汰机制又进一步扩展到科级干部。

刚开始在全公司推行处级干部尾数淘汰，多困难哪！第一个谈了七个多小时，到后来大家都认可这种机制了，谈话就是三五分钟的事。但我们还是很人性化的，这一轮跑步你跑了最后一名，你就下来，让别人跑。但并不是说你就不是运动员了，还可以再跑，将来该给的平台还是会给。后来，很多人重新得到任用，甚至三下三上的情况也都是有的，不也干得挺好嘛！

湘钢不仅出钢材，而且出人才。65 年来，湘钢涌现出 7 位全国劳动模范、30 余名省级劳动模范，27 人享受国务院政府特殊津贴，2 人被授予“中华技能大奖”，6 人获得“全国技术能手”称号，34 人获“全国钢铁行业技术能手”称号。中国共产党百年华诞，作为中国产业工人的卓越代表，湘钢焊工艾爱国被习近平总书记亲自授予“七一勋章”。湘钢对外输送了许多干部，他们担任着重要领导职务。

党的二十大上，总共有5位“湘钢籍”党代表，其中有1位当选为中央委员，1位当选为中央候补委员。

一个企业的发展好不好、干部能不能，关键在于这个企业的文化行不行。当然，企业搞得好，是多种因素综合作用的结果；但若是把企业搞垮，一种因素就足够了。文化行，企业不一定就好；但文化若是不行，企业肯定搞不好。

二

我在湘钢第二炼钢厂担任党委书记时，新任厂长主动邀我和他坐同一间办公室办公。这样一来，党委和行政两个一把手之间更方便直接沟通，深入讨论一些问题，什么事情商量完就共同推行，形成很好的工作合力。

湘钢生产经营陷入严重困局的1998年，公司党委提出“党政合种一块田”理念，这块“田”，就是企业生产经营和改革发展的中心任务。这一理念，为湘钢扭亏解困提供了强大力量。这些年来，湘钢党委工作理念从“变围绕为参与，党政合种一块田”，逐步升华为“党政合种一块田，以人为本创绩效”“党政合种一块田，奋斗争先创绩效”。据我了解，湘钢党委的工作理念和实践，对于我国国有企业党的建设是一个了不起的创新，妥善解决了国有企业党委工作和行政工作容易出现“两张皮”的重大困扰。党建工作与企业生产经营深度融合，其成功经验得到上级领导的充分肯定。

面对钢铁行业绿色低碳、转型发展的新形势，湘钢以习近平生态文明思想为引领，提出“厂区就是城区”“厂区就是景区”的新理念，建设云水潇湘的美丽钢厂。获评“绿色工厂”之后，大力实施城企融合，打造现代感、科技感十足，观赏性、教育性很强的“湘钢文化园”，成功创建国家 AAA 级景区、湖南省工业旅游示范点。2019 年夏天开始实施“钢铁是怎样炼成的”企业开放日活动，邀请人大代表、政协委员等各界人士和普通游客前来参观，已经接待近 3 万人次。目前，湘钢又在着手创建 AAAA 级景区。

开创企业高质量发展新局面，湘钢把“建设成为具有国际竞争力、受人尊敬的现代化钢铁企业”确立为新的企业愿景，着力推进数字赋能，应用前沿科技。一大批 5G 应用场景、无人产线、“黑灯车间”，告诉人们传统制造业是怎样向智慧钢厂迭代升级的。湘钢“5G 智慧工厂”项目入选工信部 5G 案例集，公司被列为国家制造业与互联网融合发展试点单位以及湖南省“5G+ 工业互联网示范工厂”“智能制造示范企业”。2020 年 12 月，华为技术有限 公司 CEO 任正非到访，考察湘钢推进 5G 应用、人工智能、工业互联网等新一代信息技术与钢铁生产现场深度融合。“智慧湘钢”，成为钢铁行业数字转型的典型示范。

2022 年召开的湘钢第十四次党代会，明确了要把湘钢打造为“品质品牌高端化、生产制造绿色化、装备流程智能化、运营管理服务化”和“党建工作国企领先、综合实力行业领先”的钢铁领军企业。通过追求极致效率、极致成本、极致管理实现极致效益，以更强的赢利能力和竞争能力化解风险、战胜挑战。

湘钢在许多重要节点、重点领域理念和手段上的与时俱进，对企业发展产生了重大影响。这也充分说明，文化是企业解困局、应变局、开新局的重要利器。

三

湘钢一位老领导跟我谈党的二十大时感慨说，公司当年做的那些事情，现在看来都是对的。“小金库”在许多国有企业曾经是普遍现象，但我们湘钢硬是把小金库给刹住了。无外乎是真的“动刀子”。不管你有多大功劳，只要搞小金库，领导干部一律就地免职。

“说了算，定了办”是湘钢的企业作风。21世纪之初，因为“小金库”问题，公司一连免了好几个处级干部的职，即使有的干部因为工作出色还获得过表彰。这样一来，整个湘钢谁还敢搞小金库？之所以刹得住，就是文化使然。如果没有树立起严格的规矩，不良风气只会愈演愈烈。真要那样的话，企业就一定会被搞垮。

一个企业倘若文化不行，很可能会偏离航向，甚至沉没。国有企业都有共同的经历，就是改革改制。大多数企业越改越好，但有的企业为什么越改越完蛋？难道是改革错了？不应该改？不是。关键原因是有的人利欲熏心，借改革改制之名，总想个人“捞一把”。那些最后被搞垮了的国有企业，领导也都不是傻子，但心思没有用对地方。要看你的心思放在哪，心思要是放错了地方，那就会坏事儿。

湘钢的集团产业改革改制，是把外面的资金引进来办湘钢的事儿，把我们的企业做大，而不是把国有资产变成个人的。外部投资方当然要获利，但也把我们给带起来了，这是双赢。原湘钢汽车队、原湘钢耐火材料厂、原湘钢动力厂制氧车间，改制合资后不断发展壮大，综合实力今非昔比。

湘钢文化不但把湘钢自己搞好了，移植到别的一些企业，同样证明是优秀文化。湘钢牵头兼并重组的华菱线缆、阳春新钢铁，都如凤凰涅槃、浴火新生！还有两家合资企业，原来不是由湘钢主导，遇到多年困难，亏得一塌糊涂快要办不下去了；后来湘钢主导了，变化就很大。湘钢文化是干事的文化，是把湘钢办好的文化。由此可见，湘钢文化是湘钢行稳致远的定海神针。

湘钢“以奋斗者为本”的核心价值观，明确了企业发展“重视什么人”“依靠什么人”“激励什么人”的价值导向，薪酬待遇、职务晋升、荣誉奖励向奋斗者，尤其是有突出贡献的奋斗者倾斜。公司党政一把手定期与奋斗者代表座谈，听取他们对企业发展的建议，还敲锣打鼓上门慰问奋斗者家庭。奋斗者在湘钢，既有“里子”，又有“面子”。湘钢的“以奋斗者为本”，真正破除了国有企业“大锅饭”弊端，生产力中最活跃、最能动的要素更加充分地释放出来。

湘钢文化究竟怎么好，这本书用大量生动具体、真实可信的故事告诉读者，这才是人间正道，这样才能搞好企业。否则，大家都觉得企业搞得好纯粹是市场的原因——当然，市场肯定是重要因素之一，但是，一个企业要是没有好的文化，再有市场你也只能昙花一现，不可能持续好下去。

本书中湘钢人根据自己亲身经历写下来的故事，平时不一定为人知晓，但其中蕴含的价值理念静水流深，支撑着湘钢跋山涉水，一路走到今天。我希望这些故事能够带给人们一些启示：企业文化必须经过本企业员工的长期实践、逐步积淀，而不是外来的、强加的文化；文化的作用，就是把大家的价值观统一到共同的频道上，领导和领导之间、领导和群众之间、群众和群众之间，大家方向都是一致的。有了共识，共识多了，企业就好办了。

目 录

001 / “北雁南飞”与钢铁脊梁 胡佩生

八个字，都是情怀 001

关键时，都是铁汉 005

不说苦，都是忠诚 007

011 / 我的钢铁流年 李澍德

寻梦，路途有些遥远 011

第一支钢的独家轧制 016

把工棚住成了结婚新房 017

坚守，真的是缘分 019

孩子名字，有一种纪念 020

多少事，都化作热泪 021

023 / “五同步”的人们 唐炳如

不信 10%，争来 18% 024

非常时刻，湘钢人上 026

任务来了，别提“老”字 028

三十年后，回头再看 030

032 / **笔记本的变迁** 艾爱国

找个“第二师父” 033

发现就在数据里 034

笔记助我登台 036

灵感深夜降临 037

也要“鸟枪换炮” 039

042 / **又见羊角寨** 肖菊明

“冬眠”的矿山 043

不打“退堂鼓” 044

甘当“扳道工” 045

“枯木”生新枝 048

050 / **三张集体照** 段立新 唐梓钧

第一张照：创业者“全家福” 050

第二张照：拾年芳华 054

第三张照：踏过沧桑人未老 058

062 / **“南飞”的钢三代** 贺丹

从“钢三代”到新“钢一代” 062

我们的房子在哪里? 064

瞧这一家子 066

永远的痛 068

我要追上你 070

初心的力量 071

073 / **从留守到留用** 张公卓

留守 073

重生 074

归零 076

虚惊一场 077

航天梦 078

再留用 079

081 / **乡里妹子进城来** 刘利军

“你们”湘钢 081

“先得改变自己” 083

为“我们”湘钢争面子 084

给丈夫写封“劝退信” 085

087 / **派驻监制的日子** 文宪

“占坑”第一人 087

“赌”了一个饭局 089

移动的绿“冰箱” 092

“梁妈妈”的鱼嫩子 095

雪上加“冰” 096

098 / **最正确的决定** 廖文成

疼痛的青春 098

心里的答案 099

新的称号 101

站上领奖台 101

成了“廖班主” 102

迎战枯水期 104

106 / **高炉日志** 何鹏宇

庞然大物缓缓移动 106

新的纪录诞生了 107

别样的守岁 110

破纪录不是终点 112

莫名的羞愧 112

心，永远在高炉 114

115 / **正眼看副枪** 姜长顺

大开眼界的内部考察 115

两眼放光的老师傅 118

大学生的奇妙建议 119

前车之鉴不得不防 120

沐浴着喜悦的阳光 121

翻天覆地的变化 122

124 / **点亮北极的那盏灯** 肖大恒

客人就能违反规则? 124

车头一律朝外? 127

感受不落的太阳 129

131 / **到双马去** 李灿

何处突围 131

挥师双马 133

设计风波 133

初战告捷 136

抢占高点 136

攻城略地 137

139 / 解决头疼大事　许景

立下“军令状”　139

“还是你的办法管用”　141

“任督二脉”　143

念好“防”字经　144

145 / 扎根福建二十年　马文琰

我被录取了　145

感觉还不错　146

到更远的地方去　147

占领“伞都”　151

患难与共　153

155 / 结缘“神宁炉”　李律日

等在门外　155

闹了笑话　159

能否帮忙　161

说到做到　163

高手过招　164

后记　165

166 / 戈壁滩上的胡杨　刘臻玮

拍片阴影?　167

舒展的心情　168

服务就是交心　171

“带片胡杨叶给小小杨”　173

174 / **十万罚金** 海山

一笔自罚款 174

标志性事件 176

一条不归路 178

180 / **钢城“一把守”** 张佟

抓获“灰脚猪” 181

老兵？还嫩着呢 183

我的生日宴上没有我 186

189 / **火眼金睛** 刘欧

样品疑云 189

监控对着墙壁？ 190

监视镜头频频“闹鬼” 191

挽回巨额经济损失 193

一个举报电话 193

张网以待 194

打掉“窝点” 194

196 / **MES 是怎样“炼”成的？** 范立强

“小系统”与 36 本台账 196

“我最怕你们李工的电话” 197

从“二传手”到“板凳队员” 199

紧张赶跑了瞌睡虫 200

让堵库不再发生 202

204 / **时间赛道** 汪筱凡

恼人的票据 204

想到了碎纸机 205

“血鸭店走起” 207

四天四夜 208

革自己的命 209

211 / **富丽堂皇的“航天座舱”** 董振波

步子迈得真有点大 211

给未来预留空间 214

宇宙级“航天座舱” 216

218 / **跨界** 袁君奇

初战 218

转战 220

赴京 222

“北雁南飞”与钢铁脊梁

胡佩生

不知大家留意过没有，湘钢员工队伍中，外地人的比例相当高。这一特征，在创业时期尤其明显，他们绝非“北漂”“沪漂”“广漂”还有“深漂”。这些告别各自故乡的钢铁之子，怀着“建好主席家乡，建设钢铁强国”的美好初心集结在湘江之滨，使命感特别强烈。我想，这大概是湘钢“奋斗文化”重要的人文基因吧。

最初的奠基者们以鞍钢老大哥为主，“北雁南飞”，有数千之多，包括建设队伍和管理、技术、生产骨干，又从湖南省内各地大批招收新工人。二十世纪六十年代中期，“下马”将近五年的湘钢恢复建设，武钢和酒泉钢厂的支援力量到达。直到 1978 年，为了湘钢的平炉炼钢项目，又有鞍钢的 5 名职工携家带口到达。前不久我听他们的子女说，这是鞍钢调来湘钢的最后一批。

八个字，都是情怀

搬家时整理旧物，发现一本红色证书，封面的上部印着国徽，下边是“湖南省人民政府制”。我有点诧异，这本证书肯定不是我的，那又怎么会在这儿呢？翻开一看，原来是父亲留下来的。1993 年，湖南省老龄工作委员会授予他“为党增辉，为民造福”先进个人。凑巧的是，那年父亲正好 80 岁，焦化厂党委书记和工会主席来我们家慰问父亲，送来寿匾和纪念品。

湘钢建厂之初，父亲从鞍钢化工总厂调来湘钢，担任焦化厂检修车间副主任。1948 年鞍山解放，父亲加入军管会成立的鞍钢护厂队。我国东北地区 1950 年开始实行八级工资制，父亲 1952 年晋升为八级工，月薪 111 元。来湘钢当科级干部，月薪 104 元。

从鞍钢来支援湘钢的人，许多最初连“湘潭”在哪都不大清楚，但一听说是建设毛主席家乡，都感到非常光荣。然而，当他们携家带口来到这个地名为“岳塘”的荒山野岭，条件之艰苦，远远超出想象。没有住的地方，我们这些家庭被临时安排在河西湘江岸边二码头几幢大仓库里，用木板隔开，就是一户又一户人家，夏热冬寒，上班必须乘轮渡过江。

在鞍钢，住的是木地板楼房，冬天有暖气。湘潭的冬春季节潮湿阴冷，连被窝里也是潮乎乎的。夏天更加难熬，总是浑身汗如泉涌，生痱子、长脓疮成为普遍烦恼。严重地水土不服，许多大人和孩子病倒了。有些人家待不住，又申请调回了鞍钢。

我们家三个孩子都闹毛病，母亲央求父亲：“要不，咱家也给领导打报告，还是回东北吧。”父亲发脾气：“咱们是来建设毛主席家乡的，哪能当逃兵呢！”母亲实在没办法，只得放弃工作当家庭妇女，一心照顾几个孩子。

1959 年至 1961 年，三年困难时期，如何“填饱肚子”成为重大难题。父亲个头高、饭量大，而干部的粮食定量要比工人低不老少。他饿得浑身无力，从泉心塘家里走路上班，四里来地竟要坐下歇息四五次。那天，母亲发了一次狠，煮三斤米给父亲吃，问道：“这回总算吃饱了吧？”父亲舔舔嘴唇苦笑：“真要吃饱，那得要多少来啊！”

父亲找到厂长，坚决要求下去当工人，还干他的铆工老本行。理由很实在，作为干部，没有力气下班组参加劳动，群众影响不好；工人的粮食定量高，能多吃几口饭。许多年后我问父亲：“过苦日子那几年，您要是再坚持一下，继续当车间副主任，如今不也是离休老干部吗？”老爷子不以为然：“那时候，饿得实在撑不住，哪会去想将来有什么待遇不待遇呢。”

按说不当干部了，工资理应恢复到八级铆工的 111 元，奇怪的是居然没有动，还是 104 元，父亲也没有去找，觉得不好向组织上提待遇的事。那个年月，7 块钱实在不是可以忽略的小数目，猪肉 7 角 8 分钱一斤，很多人家轻易吃不起。要是每个月能把这 7 块钱都买成猪肉吃，那该有多享受啊！因为八级工到了顶，一直到退休的 25 年间，父亲的工资再没涨过一分钱，但丝毫没有影响他的工作积极性。

1964 年 12 月，父亲出席湖南省工业交通系统第一届“五好代表”大会，湘潭市组织群众夹道迎接湘潭代表团载誉归来。那年我刚上小学，挤在湘钢二校的欢迎行列里。代表团步行走过湘潭一大桥，我一眼发现父亲魁梧的身影。

厂里分配给父亲一套四居室带独立卫生间的住宅，比我们家当时住的一室一厅，必须使用公共卫生间的简易楼要高级多了。谁知父亲不肯要，认为每月 7 块钱的房费太贵。

1965 年 9 月 28 日是星期二，刚读小学二年级的我，下午不用上学，在家看同学给的一只小乌龟满地乱爬。猛然间，听到湘钢厂内一声巨响，远远望见腾起一团巨大烟尘。不大一会儿，救护车凄厉地鸣叫着，一辆接一辆地开进厂内，又一辆接一辆地开出来。人们议论纷纷，说焦化厂发生了爆炸事故。母亲坐立不安，心神不宁。

下班时间过了好久，父亲还是没有回家。又过一阵子，有位陌生人推着父亲那辆老家辽宁产的“白山”牌自行车找到我们家。母亲见车回来了人却没回来，顿时浑身一软，瘫坐在地上。来的这位同志赶紧扶起母亲，宽慰道：“老胡师傅伤势不重。”他告诉我们，焦化厂进行贫油蒸馏试验分析时意外起火，职工们为保护国家财产奋勇扑救。突然间，又发生强烈爆炸，许多救火的职工被烧伤，有些伤势严重。父亲不顾面部和两耳受伤，奋力帮助身上着火的职工扑打火苗，手又烧伤。救护人员要拉他上急救车，父亲连忙甩开说，“我是轻伤，不要紧，快去救别人”，推着自行车打算回家，但救护人员怎么也不肯放他走，硬是给送到医院去了。父亲伤愈归家，手腕植了很大一块皮，来自前胸。这一年，父亲被中共湖南省委工交政治部、湖南省总工会授予“五好工人”称号。

然而，有 10 位职工伤重牺牲，再也没能回家。他们被追认为革命烈士，湘钢在俱乐部前坪勒石“烈火丹心”碑，永志纪念。2018 年，湘钢建厂 60 周年筹备厂史展览时，领导提出要有“9·28”壮举的内容。我来到纪念碑前，核实 10 位烈士的英名，由于年代久远，字迹已经有些漫漶，焦化厂党政办为我们提供了准确名单。

1977 年底，湘钢出台政策：职工办理退休，可以有一个子女顶职入厂。父亲已经年近 65 岁，向厂里打报告要求退休，好让在酃县（今炎陵县）上山下乡当知青的我，能够成为湘钢人。厂长也是从鞍钢调过来的，他在现场找到父亲说：“老胡头啊，你可不能走。”怎奈父亲不忍我在农村吃苦，去意坚决，厂长也没办法。

湘钢综合企业公司（现在的瑞兴公司）听到消息，马上来聘请父亲，到他们那边担任技术顾问。父亲除了铆工、钳工手艺不赖，焊工活也拿得出手。那里的领导和同志们对父亲很好，他还带了好几个徒弟。

父亲70岁那年，我劝他回家享点清福，别让人家以为我们家经济上有多么困难，害得老爷子偌大年纪还要出去打工挣钱。父亲眼睛一瞪："为湘钢干活，不给钱，也干！"就这样，一直干到78岁，母亲中风瘫痪需要照顾，父亲才不舍地告别他为湘钢干活的最后岗位。88岁，老爷子无疾而终。焦化厂厂长致悼词时，称父亲为"建国前参加革命工作的焦化厂检修车间原副主任"，轻易不动感情的我听到这里，泪水夺眶而出。

关键时，都是铁汉

我刚进厂那些年，在父亲工作过的焦化厂检修车间干车工。那个时候，张福财担任炼焦车间党支部书记，还是焦化厂副厂长。我之所以倒过来介绍张福财的职务，因为他的大多数时间是在炼焦车间生产现场。厂里有什么事情，到焦炉那一带找他，准没错，因而，我感觉他是把工作重心放在生产一线。生产焦炭作为焦化厂的主责、核心KPI，焦炉搞好了，基本上等于焦化厂也搞好了。我有好几次看见张福财拖辆板车，在焦炉附近到处拣废钢铁，不肯闲下来。长年在焦炉上搏烟斗火，他满脸黑黢黢的，透出古铜般的刚毅。

我跟张福财的女儿是老同学，知道他最初从本钢支援柳钢，1963年调来湘钢。"文革"期间，社会上和厂里的造反派不断煽动炼焦工人停工停产，想要搞垮焦炉。张福财把铺盖卷搬到车间，干脆住在焦炉旁边，带领职工组成护炉队，昼夜坚守在焦炉旁，一次又一次把造反派、红卫兵前来逼迫焦炉停产的威胁顶回去。焦炉一旦熄火凉炉就会报废，想要恢复，将不知等到何年何月。没有焦炭，就不会有1968年12月26日的1号高炉投产；没有铁水，也就不会有1970年7月1日的1号平炉投产。真若如此，湘钢的命运将会如

张福财（中间）和同志们一起学习

何，就很难说了。

在湘钢厂史展览的筹备工作中，我查阅了大量史料，发现一种现象：每逢湘钢危难之际，总有铮铮铁汉挺身而出，力挽狂澜！

戴桂华，湖南望城人，1958 年调来湘钢。“文革”期间，焦炉生产持续处于非正常状态，炉况显著恶化，焦炉三次面临烧垮的威胁。身患严重脉管炎的修建部筑炉队班长戴桂华强忍病痛，带领全班同志冒着高温辐射，不分昼夜抢修焦炉。只要焦炉的熊熊火焰还在燃烧，就能保住湘钢的希望。当时的中共湖南省委书记十分关心戴桂华的病情，亲自安排他到北京治疗。

1969 年从鞍钢来支援湘钢平炉项目的邹云常爱说一句话：“搞钢铁生产，就要有股比钢铁还要硬的劲头，才能打胜仗。”冶炼中的 2 号平炉顶部炉砖掉落，炉膛内的烈火浓烟喷射而出，把炉顶钢梁烧得通红。若不迅速处置，将会造成炉顶塌落、几百吨钢水凝固炉内的重大事故。邹云常闻讯赶来，纵身攀上近千摄氏度的高温炉顶，

邹云常在颁奖大会上

接过同志们递上来的石棉板垫在身下隔热，又加上浸湿的竹跳板和草袋，趴着进行炉砖插补。工作服烤得冒烟，双臂烫出血泡，工人们争着上来，要替换邹云常，他厉声制止：“别来，我能顶住！”

张福财，光荣出席第四届、第五届、第六届全国人民代表大会，并当选第四届、第五届全国人大常务委员会委员；戴桂华，光荣出席党的第九次全国代表大会，后来担任湘潭市总工会副主席；邹云常，光荣出席党的第十次、第十一次全国代表大会。

不说苦，都是忠诚

为庆祝中国共产党成立 100 周年，由中共中央宣传部批准、中央广播电视总台与中国钢铁工业协会联合摄制讲述百年中国钢铁故事的 6 集大型纪录片《钢铁脊梁》，在中央电视台播出后引发广泛反响。为什么取名《钢铁脊梁》？灵感来自何处？

2021 年 11 月 27 日在北京隆重举行的首播仪式座谈会上，中钢协党委书记、执行会长何文波介绍，“钢铁脊梁”这个词，现在可以查到、最早见诸报端的，是 1987 年 7 月 21 日《冶金报》一篇题为《钢铁脊梁》的报道，说的是湖南省著名劳动模范、湘钢架工班班长刘兴福。何文波讲述了刘兴福感人至深的故事，认为正是对党的赤诚和无私奉献的报国情怀，铸就中国钢铁工人勇于担当、锐意进取的钢铁脊梁。

当年，我是《钢铁脊梁》这篇通讯的写作组成员之一，作品获得冶金报好新闻奖。

一个时代有一个时代的标志。上世纪八十年代中期在湘钢，艾爱国“小荷才露尖尖角”，而刘兴福却已是偶像级的存在。有些工人也许不大熟悉湘钢的领导们是谁，但炼铁厂架工班班长刘兴福的名字家喻户晓。

1967 年，刘兴福从武钢调来支援湘钢高炉的建设和生产时，心头还罩着一团乌云。在武钢，他检举坏人的偷盗行为，却遭到挟私报复，未经上级党委批准，就被无理开除了党籍。

“我不是一个党员了，可我还是一个工人！”刘兴福因为工作出色，担任了炼铁厂架工班班长。他要以满腔热情向党表达他的赤诚，即使背负沉重，也必须挺直钢铁般的脊梁。

1 号高炉出了个罕见事故。炉顶平衡杆轴承座裂断，小钟掉进了大钟里。要想把重达 21 吨的小钟拉上来，高炉得休风停产 20 天。刘兴福急了：“20 天？要少产多少吨铁呀，那还得了！”他绞尽脑汁确定了快速抢修方案，带着班里 10 多名架工，背上 21 副倒链，爬到 50 米高的作业平台上。

小钟静静地躺在大钟里。大钟下面就是上千摄氏度高温的炉膛。刘兴福探头一看，热浪立即烤得脸上像要冒出油来。他毅然地说：

“我先试试”，便下到受料斗里捆结钢绳套扣。不一会儿，刘兴福全身被熏烤得火烧火燎喘不上气，憋得难受。尽管如此，他依然坚持着，谁想替换都不行。

抢修已经进行了三天两夜。刘兴福安排全班同志都轮休了，唯独他自己，守在现场不肯离开。车间主任把刘兴福从炉顶上骗下来，锁进休息室。三天三夜连续奋战，小钟到底给拉上来了，比外委抢修提前 17 天。大伙瞧着班长熏得黝黑的脸，心痛地说：“刘班长，为了保铁，你真舍得拼呵！”

从 1977 年到 1986 年，刘兴福凭着“脊梁精神”，带领他的架工班，排除 187 起高炉危难事故，为国家挽回巨额损失。在抢修高炉事故的同时，他上了 1300 多个义务班，没要一分钱加班费，刘兴福把这看作在向党组织交纳党费。直到湘钢派人调查，落实了政策，刘兴福重新获得政治生命，他将积攒了 20 多年的党费，郑重地交给党组织。

浏阳市一场洪水，把副班长熊玉奇家的房子冲垮了。洪水退去，云开天晴，而笼罩在熊玉奇脸上的“乌云”却久久不能散去。刘兴福把熊玉奇拉到休息室门外，塞给他一个纸包：“老熊，你家遭了灾，我也替你着急。这 100 元钱你拿去用，凑个数好修房子。”熊玉奇慌忙推辞：“不！不！老刘，你的钱，我可不能拿。”

三级工刘兴福，要靠每月 44 元的微薄工资，养活一家老少 8 口人。人们习惯说“一日三餐”，而刘家每天只开两餐。他中午在厂里不回家，午饭就是用小手绢包的两个馒头。碰上活忙，索性闷头在现场干一整天，连两个馒头也免了。那天，他又在高炉上连续干了十多个小时。徒弟心疼师父，从食堂买来馒头。刘兴福狼吞虎咽，竟一气报销了 8 个！

刘兴福的姑妈知道这个侄儿日子过得紧巴，寄来 100 元钱。这

100 元钱，他一家老少不知等着派多少用场呢！现在，刘兴福却把钱塞到熊玉奇手上。熊玉奇掂量再三不忍心要，然而，刘兴福已经走了。

刘兴福几次北上出差，领导让他路过河南老家时，顺便探望十多年不见的老母亲，可他每次只是从车窗深情地凝望中州原野。一直到 1987 年 2 月 6 日，仅仅 55 岁的刘兴福，这位铁打一般的汉子由于重症，过早结束他的拼搏人生，再没能够踏上家乡的土地。

为参加一个行业会议，我回到故土鞍钢。当我跟那里的同行们说“我是鞍钢人”，人家不大相信。听我讲了几句从母亲那里学来的鞍山俚语，对方将信将疑：好像带点咱东北大糁子味儿；我拿出相机，展示刚刚拍摄的老家宿舍房子，我家住在立山区友好街，而且，我是满族，镶黄旗，他们这才完全信了。

我曾与公司文联文学协会 10 多位作者一道，奔赴地处偏僻的粤西阳春，采访报道湘钢新一代创业者上演的“新北雁南飞”。那时，阳春新钢铁全面投产不久，话说他乡百战苦，讲述者流泪，采访者也跟着流泪。几年之后，《中国冶金报》以要闻版头条位置，登载报道阳春新钢铁的重磅通讯《绿色明星升起在岭南》，后续又有企业文化版头条《奋斗是一种血脉基因》。这个时候，阳春新钢铁已经崛起为广东省优秀企业。

在很多人看来，理想和现实之间总是存在巨大差距。我觉得，倘若有幸加入一次意义重大的创业，那就不虚此生。

（文字编辑：胡佩生）

我的钢铁流年

李澍德

记得读高小时，上地理课的老师讲到我国的鞍钢，绘声绘色地描述那些自动化生产线，说工人师傅操作庞大而灵巧的机器，看着通红的钢锭从加热炉口徐徐吐出，转眼间，在一片火花飞溅中变成铮亮的钢材，一根接一根如流水般滚滚向前。我听得如痴如醉，向往着将来也能成为一名钢铁工人，那该有多么大气啊！

寻梦，路途有些遥远

1958 年，国家提出“为实现年产钢 1070 万吨而奋斗”，在全国新建一批钢铁厂。9 月下旬，听说有钢铁厂前来招工，每个农业社有一个指标，我赶紧去找农业社领导报名。起初，领导不同意让我去，派了另一名年龄与我相当的小青年去。可他一到乡政府，人家就说他个子太矮小不合格，退回来了。我再次找领导，终于获得允许。我拿着农业社的介绍信，迅速去乡政府领到一张“湖南钢铁厂招工表”，回家即刻填好交去。

9 月 25 日，我告别父母及兄弟姐妹，离开生我养我的故土，从乡村走向城市，从农民行列汇入钢铁大军。这一天，距我 17 岁生日

湘钢建厂 60 周年庆祝晚会，作者（前排左三）登台演出

还有一个月，离中秋节只差两天。

我挑起简单的行李走出家门，父母亲为我送行。此时此刻，我的心情十分复杂，既有青春年华寻梦的喜悦，又有故土难离的伤感；既有追求新生活的渴望，也有亲情不舍的依恋。望着双亲头上斑斑白发，想到自己将要远离他们独闯未来，心头一酸，潸然泪下。

16 位大都陌生的年轻老乡在乡政府集合，各自担着行李，步行 40 里到县城。招工处要求我们出示高小以上毕业证书，结果只有我和另一位拿出了高小毕业证，其他人都没有，因为他们小学都没毕业。招工处也无奈，总不能都退回去吧。次日经过初步体检，除一人外都合格。第三日，乘火车至衡阳，到医院再进行体检，全部通过。中午在一家饭店就餐，领队的同志说，今天是中秋节，每桌加两个菜吧。这让我初次体会到来自集体的温暖，萌生对钢厂的归属感。

连夜乘火车，在株洲又转车，直至次日下午才抵达湘潭火车站。那时火车站在杨家湾，老旧矮小。接着又步行至十八总码头，河边老街全是石板路。

乘船过湘江，经过一条小街，叫东坪镇，再一路步行到岳塘岭。走的也是如今 1 路公共汽车这条马路，不过是砂石路面，比较狭窄，道路两边尚未开发，除了三角坪和泗神庙路段散落着几处民居，其余皆为荒山野岭。

其时，湖南钢铁厂已更名为湘潭钢铁公司，办公地点就是如今新一村大门里边的三栋老旧红砖房。办公室值班人员说，你们新来的学徒工，应该到设在东坪镇的湘钢接待处报到。已经天黑，我们只好担起行李又往回走。

再到东坪镇，已经是夜里九点多钟。新工人接待处设在一幢老祠堂，一个临时学习班，大概有 200 多人了。接待处开大锅饭、吃大锅菜，我们十几个人虽然过了饭点，但还有饭菜可供。晚间开地铺，一间房睡几十人。次日早晨，我来到祠堂的石柱大门外，看到前面的浩浩江水，情怀顿生——啊，“独立寒秋，湘江北去，橘子洲头……”我默念着新近学到的毛主席的这首词，想象着未来。

学习班人多设施有限，除了睡地铺，用餐也是就地为席，菜肴简便。国庆节次日我们启程，被派往鞍钢实习。这是较早的一批实习生，共 200 余人，在株洲包乘两个车厢。

那时，鞍钢的年产钢达 500 万吨，占全国的“半壁江山”。作为老大哥，鞍钢为各新建钢厂输送大批管理人员和技术骨干，还要为他们培训技术操作工人，全国各地先后派往鞍钢的实习人员据说有上 10 万。

我们在天津、沈阳转车，10 月 7 日凌晨才到达鞍山。南方正是秋高气爽、气候宜人，鞍山却已是遍地白霜，寒风刺骨，滴水成冰。我带的棉衣很薄，也无毛衣之类御寒，冻得瑟瑟发抖。

来接站的，是湘钢驻鞍钢工作组成员、后来在我们线材厂任团委书记的陈同志。他领着我们200多人步行约一个小时，到了长甸铺鞍钢第30宿舍。好几十栋一色的青砖平房，双层大通铺，砌有火墙，冬天不冷。内有食堂、澡堂、开水房、篮球场，生活方便。

我给家里写了信。我的家人怎么也不会料到，才十几天时间，我便跑到遥远的东北去了。母亲和姐姐都急得哭了，说我这么小的年纪，走这么天远地远的，举目无亲，怎么过下去呢？

父亲急忙给我写信，说东北那边天寒地冻，你的衣衫太单薄，要好好划算，添置厚些的棉衣，不要冻坏了身体。又说，你长这么大头一次出远门，以前窝在乡下没见过世面，在外要多长见识，服从组织领导，努力工作。我在鞍山实习一年，收到父亲的信不下10封，都是语重心长，款款情深。父亲从来都是用毛笔写信，竖写行楷，端庄遒劲。

湘钢领导对我们这些实习生很关心，生活方面安排也周到。我们到鞍山后，很快就发了棉衣、棉裤、棉鞋和被子。湘钢党委书记孙云英还专程来长甸铺剧院，为我们作形势报告，勉励大家学好本领，为国家的钢铁事业多作贡献。

学徒工月工资15元，加3元补贴，虽说物价低，但如果手稍微松一点，伙食费都不够的。有些从城里来的条件稍好，还要家里寄钱补贴，但多数人很节约，除了吃饭，还有添置衣服及毛巾牙膏之类的日常开支，恨不能一分钱掰作两半花。我有一个小账本，每一分钱的开支都要记上，伙食费平均每天3角钱。鞍钢实习一年，我还节省出30元寄给家里，觉得自己挣工资了，不能忘了父母的养育之恩。

那时，北方的主食还是杂粮居多，南方人大多不习惯。苞米糁子、窝窝头，我觉得这些东西说不上好吃，但肚子能饱。想起以前在农村，一年总有几个月粮食不够吃，常常挨饿的滋味，就很满足了。

每天杂粮加大菜汤，我的个头长高了，体重增加了，体格壮实了。

我们住的长甸铺有如小镇，街道外边有简易的职工房屋和大片的高粱玉米地。这里离市中心和鞍钢厂区有 10 里左右，也是有轨电车的起点站，上下班或去市里都坐电车，单位发月票，出行很便捷。

到鞍钢不几天便开始分配工种，大体有熟练工和技术工之分。有人愿意学技术工，有人愿意干熟练工，但都要服从分配。大部分人都分好了工种，下到多个工厂实习去了。接着也出现了一些怪现象：有人嫌工种不好，抵制不上班。那可不行，谁不上班就在大会上点名批评，毫不留情。老乡小谭分配学电工，他第一次上班，看见师傅们穿的工作服都黑油油的，而且工作手套上甚至脸上也是油污，就认为那工作太脏了，下班回来跟我说这件事时就哭了。稍后，小谭弄明白电工其实是个好工种，他的师傅还是大学生，后来成为工程师。名师出高徒，小谭从此刻苦学技术，回湘钢后成为一名优秀电工。

但是，有约 20 名年龄小、个头也小的学徒，迟迟没有分配工种，我是其中之一。见别人都进厂上班一个月了，我们还没分配，一伙人便三天两头坐电车，跑到湘钢工作组所在地的对炉山找领导。直到 40 多天后，我们才被分配到大型轧钢厂，学机床工。

大型轧钢厂是 1956 年由苏联援建的鞍钢三大工程之一，主要生产铁路钢轨，设备先进，自动化程度高，正像当年小学地理老师讲述的那样，钢轨一根接一根地沿着辊道滚滚向前，从矫正机穿过，来到牙条拖运机，排成浩浩荡荡的队列，逐一接受我们的机床铣头钻孔。我想象着那钢轨铺向广阔大地，瑰丽的钢铁梦延伸到远方。

第一支钢的独家轧制

1959年10月，鞍钢实习期满，我回到湘钢，厂里并没有我学过的机床工。更出乎我想象的是，当时的湘钢不仅没有建设大型轧钢厂，也没有炼钢平炉，一座高炉正在建设。就是说，此时湘钢既不产铁，也不出钢。已经投产的只有一个金属制品厂，生产钢丝绳，原料要靠兄弟钢厂供应。

当时，湘钢的标志性项目就是线材厂。厂房基本建成，设备安装日夜赶工，生产原料60方钢也陆续从鞍钢和武钢运来，计划年底正式投产。我们这批从鞍钢实习回来的上千人，原来分别在鞍钢的一初轧厂、二初轧厂、大型厂、中型厂、小型厂、铸管厂实习，这时全部安排在线材厂，接受投产前的学习培训。“确保按时投产，向毛主席生日献礼！”这是当时最响亮的誓言。

线材厂的投产试轧困难重重，直到轧出了第一根线材，还有一些设备没能到位，加热炉后的上料台架、煤气管道，精整的马伏式运输机及其后续的钩式运输机等，都未安装好。严格地说，还不具备生产条件。

没有上料台架，就堆筑一个黄土台，用人工一根根地拨料；没有马伏式运输机，我们冒着红钢的高温辐射，在移送机上捆绑吊运盘条；加热炉未接煤气，就用煤块作燃料，每个班10余人抬运煤炭，顶着高温火焰抛进炉膛。即便是寒冬腊月，大家都是脱了棉衣还满头大汗。

线材厂设备是当年苏联转手给我国的德国货，据说全世界只有4套。设备安装和投产试轧时，还有几位苏联和德国专家每天在现场指导。不久，因中苏关系变故，专家撤走时，曾断言没有他们的技

湘钢建设初期的苏联专家招待所

术援助，这些洋机器将会成为一堆废铁。但我们不仅没让机器成为废铁，还使线材产量逐年提高，后来与国外同类设备一样达到了设计产能，为国家作出了重要贡献。

把工棚住成了结婚新房

我们住进了工棚，而且在其后的几年中，先后住过三四处工棚。湘钢建厂时，岳塘这个弹丸之地聚集了三四万人的会战大军，一下子要盖那么多房子，不要说根本没有那个物质条件，就是有，人又不是神仙，不能把房子一夜造起来，只能搭工棚。

只有泉心塘、新一村和新四村有部分红砖楼房，叫家属区，是给从鞍钢等地调来的携家带口的老同志居住的；只身调来湘钢的老同志，就住二宿舍的几栋宿舍楼；凡是新招入厂的，统统住工棚。岳塘岭、新二村、新三村、木屐塘，以及如今的体育馆和体育场这些地方，都长出一片一片的工棚区。工棚虽矮，泥墙红瓦，一栋挨着一栋，倒也壮观，温暖着我们的钢铁梦境。看电视剧《奠基者》，知道当年大庆油田会战，那是何等艰苦卓绝！他们有时连工棚都住不上，只能在雪地里露天宿营，我们怎么说还有工棚可住着。

我最初住的工棚，是在如今的瑞兴公司办公楼位置，当时叫汽水站，冬天里不需做汽水，就临时让我们做宿舍。那大概是全湘钢最大的一处工棚，一个抵得上其他地方三四个，有 8 溜几十米长的大通铺，我们从鞍钢回来的那一批近 200 号人，除了少数女工住进三八楼，其余的全塞了进去。

工棚的基本材料是竹子，大楠竹作梁柱，因无法用钉，全都用绑丝固定。竹篱笆编墙，糊上泥巴，还四处透光。泥地潮湿，大门洞开，并无门板。大通铺竹床板上，铺了一色的草荐，算是褥子。我们在鞍山时，冬天晚上烧有火墙，一般没用褥子，被子也不厚。住到这工棚里，八面来风，晚上怎么也睡不热，次日早晨醒来，一双脚还是冰凉的。都是后生伢子，血气方刚，加上工作劳顿，人疲马乏，枕着寒风照样可以入梦，你头朝南天，他脚蹬西墙，仍能一觉睡到大天光。

1960 年春末，汽水站要筹备开张了，让我们搬迁到木屐塘工棚去。那地方离厂区远，又没有一条像样的路，尤其是上夜班，一路摸黑，在崎岖不平的山道上行进，四处暗影绰绰，着实让人害怕，因此我们都结伴而行。

在那地方住了一年多，又搬到较近的二宿舍工棚。直到 1963 年秋，二宿舍的工棚大都拆除，我们才住进单身楼房。新三村的大片工棚后来都成为家属区，1969 年我结婚时，也用那里的一间工棚作新房。

有一次我回到乡下，和一位小学老师闲聊，老师问我：你们是城里人，怎么听说还住在竹棚子里呢？我想了一会，该怎样回答老师呢？是的，我们住的全是竹棚，湖南竹子多嘛。中国文人向来爱竹，东晋王子猷有“何可一日无此君”之叹，宋代苏轼则认为“宁可食无肉，不可居无竹”，艰苦年代，我们倒确实做到了食无肉、居有竹呢，于是我对老师说，我们住的不是竹棚子，是叫“此君居”的地方。老师听了起初不解，片刻间，他恍然大悟，哈哈地笑起来。

作者（后排右一）在鞍钢实习时的师徒合影

坚守，真的是缘分

1959 年至 1961 年，我国经历了三年经济困难时期，全国人民都在“过苦日子”。父亲第一次来湘潭，也是我离家两年后才见到家人。

父亲才 50 岁出头，但非常瘦弱，显得有些苍老。我住工棚，在食堂打饭，偶尔还能见到一点肉。父亲说，农村好久都没见到肉了，连吃小菜都困难，因为成立公社，社员没有自留地。那天我去上班，给了父亲 5 元钱和一些粮票，让他独自上街买点什么吃的。后来父亲说，城里到底比乡下好，排队还可以买到一些点心。父亲还对我说，现在有的工人嫌工资低、生活苦，又跑回农村去，那是做蠢事。父亲的意思我明白，就是再苦也要坚持下去，把工作干好。

生活愈发艰苦，形势更加严峻。1961 年 4 月，冶金部下发停建湘钢的通知，在建项目下马，逐步实行人员精简下放。据有关资料称，当年下放了好几千人，大多为基建工人。生产单位也有下放的，我所在的线材厂就下放了不少人。单位开大会动员，要求人人都要服从组织安排，人人都要做好两手准备：或留下安心工作，或下放愉快走人。要求人人都要写自愿下放的申请报告，至于最后是走是留，由组织决定。

我知道，农村更苦。城里人或有单位的，还是保证了口粮供应，只是食堂没有什么菜吃，光吃几两米饭仍然饿得慌。尤其是年轻人食量大，一个月的饭票，提前十天八天就吃完了。为了限制寅吃卯粮，食堂把饭票印上日期，逐日逐餐供应。又有人想方设法涂改日期，仍然提前吃了。剩下的日子如何过？有的人就不辞而别，卷起铺盖回农村了，认为回乡下种点菜、养点鸡，也比在单位拿这点工资强。在下放政策实行前后，有的人留也留不住。我没有辜负父亲，还是坚持留了下来。现在回望，我只能说，坚守，真的是一种缘分。

孩子名字，有一种纪念

1968 年 8 月，厂报筹备复刊，我被借调到厂宣传组参与筹备工作。9 月 16 日，原《湘钢小报》更名为《钢铁工人》正式复刊。我们几乎每天都要深入基层采写稿件，既当记者，又当编辑。

1970 年春节刚过，湘钢 1 号平炉动工兴建，要赶在 7 月 1 日前出钢，厂报指派我为平炉工地记者。干这样的大工程，除了湘钢自己的建设力量，平炉工地更是汇聚了来自鞍钢、武钢、工程兵建字 02 部队、一冶，以及衡阳、株洲等地十几个单位的人马，号称 4000 大军战平炉。

安装大梁需要 23 米以上吊杆的大型吊车，而现场只有 15 吨的中型吊车，吊杆才 13 米长，怎么办？工程技术人员和干部工人集体讨论，决定把吊杆从 13 米加长到 23 米，但吊杆要形成 60 度角才能把大梁放到安装位置。这样一算，15 吨吊车、23 米长杆，成 60 度角，只能吊起 4 吨左右，可大梁每根都有 9 吨多，能吊起来吗？大家反复研究，认为只要保证吊车本身不往前倾，是可以吊起来的。为了固定吊车，用一块大钢锭和一台链式起重机压住吊车后部，终于让 9 吨多的大梁乖乖地站到了位置上。

我每天在现场跟踪采访，晚上还要赶写稿件。就在平炉出钢前夕，我期待已久的第一个孩子即将出生。我无暇顾及，说服妻子提前回到几百里外的娘家生孩子，一切事情拜托给岳母。

7 月 1 日，炉台上红旗招展。下午 4 点，中共湖南省委领导亲临现场，为第一炉钢水出炉剪彩。炉长一挥手，出钢口顿时红霞飞吐，火浪翻腾，真有如海边观日出那样壮丽辉煌！这是湘钢人献给党的生日礼花！

我接到又一个喜讯：孩子顺利出生了。妻子要我为孩子取名，我由钢花联想到焰火，取名“若焰”。

在一个重要的时间节点，《湖南日报》向湘钢宣传部约写一篇生产方面的重要稿件，次日就要见报。我们奉命赶写，晚上 10 点才正式定稿，单位派车让我连夜把稿件送往长沙。已是半夜时分，报社一位老编辑看过稿件感叹地说，你们钢铁工人，真是大干快上，高歌猛进啊！

多少事，都化作热泪

我从 1966 年起就写入党申请，长达 10 年都没有获得批准，主要原因是受我父亲所谓历史问题的牵连。直至 1978 年秋，有关部门当众宣布为父亲平反，他禁不住老泪纵横，号啕大哭。

1976 年，轧钢分厂党委领导了解到我的情况，事情才有了转折。这位领导敢于担责，力排众议，还主动当我的入党介绍人。1977 年 7 月的一天，党支部大会全票通过我的入党申请，我想起这些年来走过的道路，真是百感交集，怎么也抑制不住澎湃的心潮，泣不成声。我更深切地体会到，党就是我的母亲，她最理解赤子之心啊！

时间过得飞快。转眼之间，我退休了。2018 年，在策划庆祝湘钢建厂 60 周年文艺晚会的时候，编导推荐我作为湘钢老一辈代表参与节目演出。老实说，本人虽然对文学有些爱好，发表了许多作品，也曾编写过一些文艺节目，但要说登台表演却是外行，尤其是年近八旬，恐难胜任。节目是一段“讲述”，我普通话不行，南腔北调，怕闹笑话。编导给了我许多鼓励，还请我找当年在线材厂生产一线的三位老乡同台演出。开始，他们跟我的想法差不多，有的婉然拒绝。后来又再找人，总算落实了。

10 月 18 日晚，湘钢俱乐部灯火辉煌。“岁月 · 荣光”是这台晚会的主旨，“讲述”节目聚集了湘钢老中青三代人的代表，“创业”组由我主讲，跟我一起登台的三位老同事，也都年近 80 岁。演出时，我注意到台下观众很有感触，有的甚至在抹眼泪。我作为一名“讲述”者，想起过往的艰难困苦，想起湘钢一代又一代人的奋斗经历，同样感慨万千，热泪盈眶。

（文字编辑：胡佩生）

“五同步”的人们

唐炳如

湘钢建厂之后的二十多年间，相当不容易。到上世纪八十年代中期，钢产量一直徘徊在四十来万吨，行业排名不断往后退。发展缓慢的原因之一，是六十年代初开始，湘钢被迫下马停建将近五年；1965 年刚恢复建设，又遭遇“文革”。而制约湘钢发展的，又有重要的体制因素，企业在夹缝中生存。

随着改革开放不断深入，国家扶持钢铁工业发展的一系列政策出台，冶金部和湖南省对湘钢的支持力度显著增强。借助国家政策，湘钢也有了一些自我积累。经过多方筹措，实施技术改造的资金总算大体有些着落，以“五同步”为代表的七大项目才能真正地干起来。其中，炼钢改造是中心，国家计委、冶金部、设计院、湖南省政府、省冶金厅以及湘钢，历经两年左右，几上几下的慎重研究，才最终确定平炉改顶吹氧的技术方案。

“五同步”是我们湘钢人振兴企业、践行“建好主席家乡，建设钢铁强国”美好初心的一场重要奋斗。哪怕三十多年后的今天，我还清晰地记得那些事、那些人。

不信 10%，争来 18%

1986 年 10 月，炼钢改造、新建制氧站、2 号高炉大修、初轧主传动改造、新建煤气柜这五大项目同时开工，因而称为“五同步”，其实，这一轮技术改造还包括新建厚镀锌生产线和 2 号焦炉易地大修等。项目一大堆，资金却只有那么点，僧多粥少，逼着我们既要少花钱，又要多办事，还要把事情办好。购买设备时，手头紧了又紧、抠了又抠，比自己家的钱还要看得金贵。

作为 1 号重油平炉改造的配套项目，需要从国外引进制氧机，湘钢成立了六人谈判小组。进入商务谈判阶段，在掌握各国制氧机报价之后，什么时候采取什么步骤、什么情况下运用什么战术，我们都精心做了预案。连怎样安排各家公司谈判代表的住处以便营造竞争气氛，也花了一番心思。

第一轮洽谈，淘汰了我们不满意的对象，留下 R 公司、F 公司、L 公司三家，进入第二轮竞争。R 公司的谈判代表精明而狡猾，到处拉关系，无孔不入，千方百计刺探洽谈情报。他们认定自己的制氧机有优势，湘钢肯定会买他们的设备，因而采取拖延不降价的策略。当时，湘钢也的确有可能订 R 公司的货，但我们的态度十分明朗，湘钢资金有限，拿不出那么多钱，贵公司不大幅度降低价格，就会失去竞争力。可他们就是不相信，坚持不降价。F 公司代表也很傲气，高价格毫无松动，不肯放低身段。

L 公司的制氧机是世界名牌，报价同样很高。我们才这么少一点钱，对于能否买到 L 公司的设备，并没有抱多大信心。不过，他们的亚洲代表态度倒是比较诚恳，一到长沙就表示，谈判需要什么人，就发电传派什么人过来。我们通过多方渠道了解到：他们这次来华

上世纪八十年代具有国际先进水平的制氧站

还有一项更重要的任务，试图借助湘钢这个项目，在中国南方打开市场。我们充分利用对方这种心理，采取会议商谈、私下交谈等多种方式，向外商阐明在湘钢建立一台样板机的意义和广阔的市场前景，使他们提高合作兴趣。在此基础上，要求对方采取薄利多销策略，为湘钢提供最优惠的价格。谈判几起几落，几度僵局，时而山穷水尽，时而柳暗花明。

在湖南省政府以及省计委、省经委、外经委、省冶金厅、省进出口公司等方面的有力支持下，L 公司终于同意降价 10%。据亚洲代表说，L 公司内部有个惯例，谈判代表降价的权限最大为 5%，现在能给我们这么大的优惠幅度，满世界都是找不到先例的。然而，即便这个价格，湘钢还是买不起。

为 L 公司亚洲代表离开长沙送行时，湘钢谈判组人员忽然听他在不经意间说：其实，降低到 1100 万马克可以成交。我们立即抓住这句话不放，请他退掉火车票，回宾馆接着谈。这位代表意识到自己失言，坚决不肯留下来。不过，他却争取到 L 公司第二把手、第三把手亲自前来谈判。省里有关领导出面会见，把一件普通的商务谈判上升到两国外事友好往来的政治高度。L 公司专门召开董事会议研究，作为特殊例外，同意降价 18%。

后来的事实证明，湘钢这套引进设备的成功运行，为中国制氧行业树立了榜样。中国空分公司决定，国内制造同级别制氧机，采用湘钢制氧机的工艺技术流程。

非常时刻，湘钢人上

1987 年春节之前，全面紧张施工的“五同步”工程，遭遇一场意想不到的大麻烦。

承包 2 号高炉本体施工的一支外地队伍，好几百号人突然撂挑子，打点行装要提前回家过年。他们归心似箭，湘钢这边无论怎样做工作都做不动，硬是扔下 109 个“半拉子”项目不管，全部撤走了。这样一来，原定春节前完工的工期目标，算是泡汤了。

2 号高炉大修，属于“五同步”的“龙头”工程。高炉不出铁水，炼钢系统、轧钢系统即使改造完成也无米下锅，每一天都将是可观的产值损失。

工程指挥部立即把各单位和机关处室的负责人召集到一起，商量对策。副总指挥长问建安公司经理：“你们的施工力量还剩下多少？”“几个技改工地都有我们的人马，家里差不多山穷水尽了。”建安公司经理愁眉苦脸地说。又问修建部，情况差不多。副总指挥长语气沉重：“人家要回家过年，我们自己就不过这个年算了。把各生产单位的检修力量都集中起来，上 2 号高炉，还有，再加上机关干部。这 109 个‘半拉子’工程、几千个工作日的量，各单位分

1987 年 12 月，10 万立方米高炉煤气柜竣工

别承包，按期完工重奖，拖后腿的重罚！跟职工们说清楚，非常时刻、紧要关头，只有我们湘钢人自己上！”

副总指挥长后来告诉我，大年初一那天早晨，他在 2 号高炉指挥部的长椅上一觉睡醒，到食堂吃了两个馒头，就登上 2 号高炉技改现场，给坚持节日施工的职工们拜年。走到热风炉冷风阀，看见二十多米高的脚手架上，一位头发斑白的老大姐站在寒风中吃力地扳螺丝。他埋怨身旁的建安公司检修车间主任：“你们怎么搞的，连这么大岁数的女同志也给动员来了？”车间主任无可奈何地说：“没办法，实在抽不出人啊。”副总指挥长上前握住老大姐的手问：“大姐，您多大岁数了？”“就要退休喽！”副总指挥长听了，眼眶有些湿润：“对不住，没能让您跟家人一起过年。有你们这样的好职工，湘钢什么样的难关都能闯过去！”

1987 年 3 月 1 日，焕然一新的 2 号高炉顺利出铁，并且连续创造国内同类型高炉少有的高产纪录。

任务来了，别提“老”字

有一首老歌，叫《革命人永远是年轻》，中间有一句“他好比大松树冬夏常青”，多少年来我一直记得。因为，这句歌词总让我想起那几位已经退下来的老同志，为了“五同步”工程而重返一线，并且担当大任。在长时间、高强度的工程指挥中，他们连嗓子都喊哑了，发不出声，只能借助纸和笔进行交流。

1988年6月上级批复湘钢恢复“湘潭钢铁公司”企业名称之前，使用的是“湘潭钢铁厂”。退居二线的湘钢原副厂长梁广栋，厂里请他担任副总指挥长，但梁老很谦虚，认为自己不宜在全局性的关键位置上，自告奋勇去第一线，出任炼钢改造工程指挥长；同样退居二线的原副厂长陈遗，也是多次要求到技改一线参战，厂里担心他身体不大好，征得他爱人同意，决定由他担任2号高炉改造工程指挥长。

已经离休居家的动力分厂原厂长张和清，他的大名曾如“腿杆子上绑大锣，走到哪响到哪”。上世纪五十年代初在鞍钢就崭露头角，参与我国第一座自动化炼铁炉建设工程，被评为省级劳动模范。1956年，又成功指挥过140吨大吊车安装工程。

厂里请张和清担任10万立方米高炉煤气柜建设工程指挥长的时候，他的老伴刚过世不久。听说“五同步”需要自己，而且，指挥建设的是由我国自主设计、自主制造、自主安装的第一座大型干式高炉煤气柜，足有三十来层楼高，堪称“钢铁大厦”，立刻唤起张和清当年的豪气，爽快答应。

张和清六十四岁重出江湖，雄风犹在。他提出煤气柜各项指标要“超过国内，赶上国际先进水平”的奋斗目标，而施工单位的李队长却没有老张头这么心大——新式煤气柜技术十分复杂，连日本人都曾遭遇失败，投资不菲的气柜变成一堆废铁。我们一没有建设经验，二没有足够的技术资料，工程能够验收合格，就谢天谢地了。张和清拉下了脸："连你自己的决心都没下，怎么去要求别人？"他可不管那么多，把奋斗目标用大横幅给挂出去，上面的字斗大一个，特别醒目。

老张头不光心大，脾气也大。气柜活塞即将浮升，制造厂家的关键结构件却迟迟没有到达。前往催货的业务人员回来汇报，厂家要加价，因为花了一大笔试制费。张和清立马赶去，找到在那边负责的原来鞍钢老同事，脸色不大好看："加不加价，加多少，不是我管的事，我只管施工安装。煤气柜是冶金部和湖南省的重点项目，不按期竣工就罚款。要是因为你们而耽误了工期，到时候，别怪我把罚款全都算到你们账上。"这位老同事无论如何也不会想到，老张头是这个项目的工程指挥长。他不敢怠慢，连忙召开专题会议研究，

作者在湘钢发展规划讨论会上

指定专人负责，抓紧制造、抓紧发货，确保湘钢工期。

那天深夜，指挥部碰头会散了，张和清却仍坐在椅子上，久久没动窝。李队长过来："指挥长还考虑啥呢？该回家啦。"张和清拧紧眉头伸出手："老李，劳驾你扶我一把，腰挺疼的，站不起来。"李队长这才想起，那次到制造厂家催促发货，雨天路滑，张和清重重地摔了一跤。

李队长一把搀起张和清："指挥长，您可要保重啊！要不要在家歇息两天？"张和清摇摇头："我想歇，可工程歇不下来呀。一辈子就干这最后一项大工程了，万一出点什么差错，对不起国家，也坏了我张和清一世名声。"

1987 年 12 月 29 日，10 万立方米高炉煤气柜贮气投产，各项指标均超过国内最好纪录，达到国际标准，有的比国际标准还要高。撤离那天，李队长把亲手立起来的庞然大物摸了又摸，感慨万千："指挥长，我算服了您。当初，要不是您卡得严，哪有这么好的煤气柜啊。将来要是再有机会干煤气柜，我还跟着您。"

三十年后，回头再看

发生在三十多年前的"五同步"工程，既是对当时湘钢主要生产工序的填平补齐，更好地发挥全系统运行效率，提高企业创效能力，同时，也由此拉开湘钢走向振兴的序幕。

"五同步"所有项目在 1987 年陆续投产，湘钢终于结束多年徘徊的被动局面，登上年产钢 70 万吨新台阶。随着 2 号、3 号平炉也相继实施吹氧改造，产钢水平又进一步上升到 80 万吨。国家计委批准湘钢发展到 100 万吨钢规模，并且纳入国家利用外资新增 1000 万吨钢生产能力的总体规划。

李鹏、田纪云、陈慕华、邓力群、吕东、丁关根、戚元靖、熊清泉、陈邦柱、俞海潮等中央、冶金部以及湖南省的领导同志，先后前来视察“五同步”工程。李鹏同志来的时候对我说：“湘钢可以，也应当大有作为。”

（文字编辑：胡佩生）

笔记本的变迁

艾爱国

我没有写日记的习惯，但喜欢写笔记，焊工干活的技术笔记。那天，为了查找一个多年前的焊接案例，我把保存在家中柜子里的笔记本都翻了出来，有好几十本。我轻轻地翻阅它们，像在跟老朋友们话说流年。

1969 年，我还是攸县的一名上山下乡知识青年，有幸得到群众

多年来学习记录的笔记本

推荐，加入毛主席家乡的钢铁事业。父亲十分高兴，送我一个笔记本，叮嘱道："当工人就要当个好工人，技术上要站得住脚，更要在政治上追求进步，争取早日加入党组织。"我知道，父亲这样有仪式感地送我笔记本，是希望我加强学习，做一个知识型的好工人。当天晚上，我在笔记本扉页写下"刻苦学习钻研，攻克难关，攀登技术高峰"，把它当成座右铭。那时候多幼稚啊，年轻气盛，有点不知天高地厚。这 16 个字写起来容易，真要把它们落到实处，就不那么容易了。

找个"第二师父"

我刚开始当气焊工时，跟马师父学徒。马师父先是从北京二建调到嘉峪关那边支援酒泉钢厂建设，再从酒钢调来湘钢的。我们班长是首钢人，也是从嘉峪关转过来的。我师父是五级工，班长六级工，当时那就已经不得了了，现场干活的技术"大拿"，我把他们当成偶像。

老话说：师父领进门，修行在个人。师父传授给我大量的操作要领，为我打下坚实的焊工技能根基；而想要打牢深厚的理论根基，我还得给自己再找个师父，那就是技术书籍，我把它们当成"第二师父"。

那时候，湘钢一招待所大院深处有座科技图书馆，我住在北门一带的老四合院，经常走路去查阅焊接方面的书籍。最开始读的大都是焊工基础知识，弄懂关于焊接的基本原理。后来，又读到许多苏联的焊接理论专著，把书里面的内容摘录下来，从此养成使用笔记本的习惯。

在图书馆，我还查到焊工一级到八级的国家标准，也全都记在笔记本里。不是说我当时心有多大，而是想作为评估自己技能水平

攻关焊接项目

的参照，明确努力方向。比方说，五级焊工必须能够独立制订工艺方案，还要能焊铜，包含的内容相当广泛，一般人要全部达到是很难的。按照这个标准，我觉得师父和班长他们的实际水平，明显是超过了。我提醒自己技术要全面，不能留有短板。

干活的时候，不可能随身带着笔记本，我就把重要项目的施焊过程和具体参数写在现场能找到的纸片上，回到班组休息室，拿出放在工具柜里的笔记本，再详细地写下来。我的笔记本一般都是胖鼓鼓的，就因为夹了很多纸片。工具柜里的笔记本积攒多了，我就把它们搬回家里。

发现就在数据里

1983年，冶金部组织国内多家钢厂联合研制“贯流式高炉风口”，如果成功，将对降低高炉休风率、提高铁水产量发挥显著作用。如何把风口的锻造紫铜与铸造紫铜牢固地焊接在一起，被列为项目最棘手的难点。湘钢的攻关组总共有 11 人，我是其中最年轻的，担任焊接操作手。焊焦化硫铵紫铜管那阵子，我以为是这辈子干的最高级的焊工活了，哪会想到，一山更比一山高。而以前的紫铜管焊接和氩弧焊技术积累，是我敢于报名参加高炉风口焊接攻关的底气。在这个团队中，老李、老由、老周等技术专家给了我重要指导。

1984 年，经过上百次的焊接试验，成功率已经比较高，我认为有把握了。正式焊接新型风口那天，作为主操作手，我的信心挺足，领导和项目组的同志们也和我一样，厂里甚至连庆功宴都准备好了。谁料想，焊了 6 个多小时，还是失败了！尽管难以接受，却只有面对。

庆功宴，肯定是不好意思去吃了。我特别疲惫，默默地回到家，脱下因为长时间高温操作而被汗水湿透的毛衣毛裤，洗个热水澡，上床想好好睡一觉。然而，翻来覆去睡不着，满脑子想不通为什么会失败。索性爬起来坐到书桌前，拿过笔记本，仔细查看这几个月来的试验数据。忽然间，我有了重大发现：新型风口的直径，比原来试验用的老风口明显大很多，也长了很多，重量多出 50 公斤还不止。工件越大，需要的热能就越大，尤其对于散热快的紫铜，又是在冬天。过去设定的焊接温度和输入电流、电压都远远不够！

其实，当时在现场我就是意识到这一层，想提高温度也做不到，因为根本没做这方面的准备。说来说去还是年轻，缺乏经验，没能预先到试验操作现场，了解掌握新型风口的第一手资料，包括形状、尺寸、重量等关键数据，根据工件变化作出工艺调整。我盲目自信，总觉得试验那么多次都成功了，也就这么回事儿，因而掉以轻心，重视不够，没去认真研究新型风口，完全吃透，周密准备。等到再次正式焊接新型风口时，所有的准备都充分了，终于获得圆满成功！

笔记助我登台

上世纪八十年代中期，湘钢实施“五同步”工程，为配套炼钢平炉顶吹氧改造，要新建制氧站，从国外引进一台制氧机。安装时，有大量的铝镁合金管要焊接，湘钢缺乏这方面的合格焊工，决定开办培训班，从各单位选拔 17 名焊工参加，拿到操作合格证。

1978 年，湘钢曾经购进一套国产制氧设备，派出几个人到外地学习铝镁合金焊接，我也参加了。做好笔记之外，我还借助会用铁笔蜡纸刻钢板的特长，把培训讲义油印出来，除了供我们自己学习使用，还给培训方留下好几份，他们很高兴。

但不知什么原因，这套制氧机一直闲置在仓库。我们单位主管生产的朱经理，他爱人是我爱人在焦化试验室的师父，朱经理对我比较了解，也很信任，确定由两位工程师和我担任培训班的授课工作，工程师讲焊接基础理论，我主要讲铝镁合金的焊接实操。我的那些培训笔记和讲义，派上了大用场。

理论课讲完之后，主要是实操练习，但是，到哪去找铝镁合金材料？我跟朱经理说，不知那套闲置的制氧机还在不在？他联系了设备总库，我们一起去察看，不由大喜过望，真的还在那儿。上面的铝镁合金材料，正好供我们真枪实刀地练习。

培训班淘汰率高，竞争激烈，每位学员都渴望参加制氧机铝镁合金焊接。有位被淘汰的老师傅不服输，晚上从窗户爬进训练场地苦练，进步很快，又重新入选。最终拿到铝镁合金焊接操作合格证的 3 个人当中就有他。

那天，朱经理和技术人员陪同外国专家来检验我们焊接的工件，除了探伤，还有裸冷试验。结果出来，专家伸出大拇指说：“OK！”

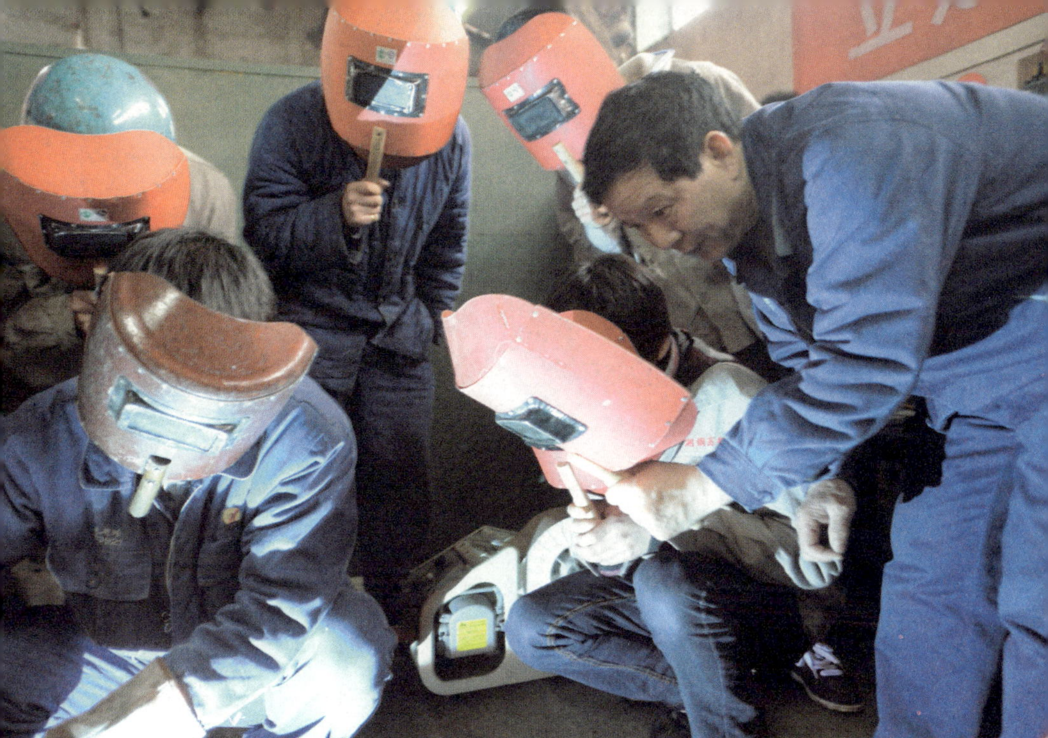

指导焊接新技术

这下子，我高兴得要哭了。工程进入管道试压阶段，指挥部提出是不是再增加一次裸冷试验，专家连连摇头："NO！ NO！我相信他们。"直到很多年后，制氧机服役期满报废拆除，所有焊缝都没出现任何问题。

灵感深夜降临

技术攻关难，最难在思路，这与文字写作其实是同一个道理，需要灵感。灵感突至，犹如神来之笔，突破也就不远了。

不知为什么，我的技术灵感降临，常常会在深更半夜。白天左思右想没个结果，回家躺在床上，辗转反侧睡不着，还在琢磨。夜深人静，忽然一个想法冒出来，觉得应当管用。这种时候，一定要赶紧记下来，否则，第二天早晨一觉睡醒，很可能天涯海角再也寻不到灵感的踪影，让你追悔莫及。

灵感稍纵即逝，必须立刻抓住。我一点不敢偷懒，总是打起精神，从床头柜抽屉拿出常备的纸和笔写写画画；复杂一点的，就干脆起床打开电脑。刚刚睡下，又想起点什么，需要补充完善。这样起来睡下好几次，有时候不知不觉，天就快要亮了。

我爱人睡眠比较浅，经不得这样三番五次的动静。技术攻关比较紧张的阶段，我就索性睡在那间只有七八个平方米的电脑室。我爱人讲究家里干净整洁，但电脑室里我的笔记本再旧，又或者是一张纸片，她却从来不会去动。

我头一回接触到合金铸铁的焊接攻关，一连几次都是失败，焊接时熔深太大，总找不到解决头绪。半夜时分，猛然来了灵感。直流焊一般都是“反接法”，焊把接正极，温度高，熔化快，而对于铸铁这种非融合金属，难免要产生“咬肉”现象；如果改为“正接法”，温度不就降下来了吗？天气已经有点冷，我趴在被窝里，把想好的方案写在一张纸上，下床塞进工作服口袋。

第二天再次来到试验场地，脑海里对昨晚的灵感果然记不大清楚。不过我心里有底，都写在纸上了，身边带着呢。谁知，到口袋里去掏，竟然没摸着。我有点慌了，因为以前塌过几回这样的场。今天如果又是如此，这个场就塌得有点大——周围那么多人，都在等着看“艾劳模”焊接攻关呢！幸好，我在另一个口袋里终于摸到了那张纸。原来，半夜三更的，有些恍惚，放错了地方。赶紧把方案拿出来，照着正接的方法一试，好家伙，来个神了，一切顺利。

我示范操作一阵子，施工方领导说：“艾劳模您歇歇，让我们来焊。”我一看，任务量的确有点大，我一个人怎么焊得完。把方法教给他们，连续干了好几天，圆满完成。

受到这次差点塌场的警示，我的床头柜抽屉里增加了笔记本。

也要“鸟枪换炮”

2008年，我的工作岗位变动，调到湘钢科技中心材料研究所，主持焊接实验室的焊接操作。给我分了办公桌，上面摆着一台电脑。我意识到，自己从生产一线的普通工人，加入高学历人才组成的湘钢产品研发技术团队，老经验面临新挑战。此前我在笔记本上记录的很多是案例经验，而实验室更多的是记录实验数据，用一条又一条数据说话，更加准确可靠，说明问题。当务之急，是必须学会使用电脑。

我报名参加公司培训中心举办的电脑班，五十来名学员，都比我年轻得多。我提醒自己，快要六十岁的人了，不能让人家说接受能力不行，只有投入更多精力学习，才不至于落到后面，要给咱们老同志争面子。结业考试成绩出来，我对自己的分数排名还算满意。加上单位同事们的热情指点，半年多时间，我已经可以比较熟练地操作电脑了。

天长日久，我越来越多地发现电脑的好处：一是便于修改，随你改多少遍，不会像在纸质笔记本上那样越改越乱，甚至看不清楚；二是做好备份，不用担心丢失；三是绘图和制作图表，干我们这行的，这一功能相当重要；四是图片存储，特别有利于技术分析；五是制作PPT，用于技术交流和培训课件很直观；六是容量非常大，多少个纸质笔记本也抵不上一台电脑；七是便于拷贝携带，小小一只U盘，能存进大量东西；八是便于传输，借助互联网，眨眼间送达天涯海角。

我的电脑有几百个文件夹，里边总共有多少篇技术笔记，没有统计过。湘钢参与的世界级工程和我国大国重器项目、超级工程供货任务中，我们这个团队承担的产品焊接性能实验，包括工艺制订、

指导徒弟学习焊接技术

材料选择、实验数据等这些资料分别收录在每个有专用标记的文件夹。有时，会为一个项目分别建几个文件夹。

我在办公室、实验室、家里的电脑，还有一台出差用的笔记本电脑，存储的内容基本一样，就是方便随时查阅。不能因为急着要用的那个资料存在办公室电脑，三更半夜要从家里赶到厂里，该有多麻烦。要是身在外地，那就会耽误事情了。

如今，比电脑用起来还要方便的是手机，它成为我能够随身携带的笔记本，里边的很多内容，是我从电脑中调出来的。用手机做笔记还有一大好处，是可以与对方做即时的交流互动。就像前不久，我为湖南省内一家著名的民营企业提供焊接攻关的技术咨询，十多天时间我与他们频繁沟通，总共输入有上万字，因为必须详细了解掌握现场情况，才谈得上预先做好工艺方案。我又带着徒弟前往现场勘察，最后由徒弟们施焊，帮助这家企业解决一项重大焊接难题。每一个项目进行中，我手机里的记录都一直保存；项目完成，再把这些记录全都转到电脑存储，因为手机容量毕竟有限。

尽管如此，笔记本和纸，仍然是我不能离开的“老伙计”，因为使用方便。年纪大了，忘性也大。来了什么灵感，身边往往没有电脑；等你坐到电脑跟前，灵感也许早就不翼而飞。

这些年，我的一些徒弟也在写技术笔记。我跟他们说：“好记性不如烂笔头”，技术上的事，不能胡说八道，一定要有根有据。这些根据从哪里来？往往就是当初留下来的那些笔记。记与不记，大不一样。谁都不可能一下子蹦得那么高，只能在长期积累的基础上，一级台阶一级台阶地往上走。

（文字编辑：胡佩生）

又见羊角寨

肖菊明

坐在办公室，看着窗外的蓝天和蓝天下的钢厂，思绪却时常飞向远方那魂牵梦萦的矿山。

回到集团公司本部工作一年了，但在矿山的四年时间，就像是在昨天。是四天？是四季？是四年？抑或是我到外地出了一趟差？我到现在都还没有缓过神来。但经历的那些人和事，却又愈发清晰，成为我生命中难以割舍、久久挂怀的记忆。

矿山位于永州市东安县县城西北角，距离县城2公里左右，人们叫它羊角寨，却又不是村寨，而是一个海拔只有200多米的山头。不知道它为什么叫羊角寨，也许，是山上的两块石头神似一对羊角而得名吧。

1958年湘钢建厂后，为了配套优质石灰石冶炼熔剂，1959年4月在距离公司本部300多公里的东安县，选址了老鸦山和羊角寨。60多年过去，老鸦山早已闭坑，200多亩土地由县政府收回进行房地产开发，变成县城的一部分——鑫龙小镇，而羊角寨在一波三折中，静待开发。

新建石灰窑矗立在羊角寨山上

“冬眠”的矿山

12 岁，我跟随父母到矿山。作为“半边户”的矿山子弟，对矿山好像并没有多深的感情，甚至想着离它越远越好。

其实，在计划经济时代，矿山是辉煌过的。县城大街上穿着工作服嘚瑟的，一定是矿山职工；找对象要挑长相、看职业、选家庭的，一定是矿山的年轻人。过年过节分物资，经常吃着蓬松柔软的大馒头，冬天泡着热水澡。六七百人的矿山，生活区楼上楼下都有电灯电话，篮球场、排球场、俱乐部、卡拉 OK 厅、食堂、澡堂等生活娱乐设施应有尽有，在这湘东南偏远的小县城里，本身就是个神话。

到市场经济年代，矿山跌落神坛。远离湘钢本部所造成的运费，比矿石生产成本还要高，亏损成为矿山的常态，生产变得停停打打。矿山职工的骄傲没有了，找对象也只能找下岗女工和自由职业者了。羊角寨开发被搁置，大量人员内退，年轻人调回集团公司本部。

我清楚地记得，面对矿山的连年亏损，一直存在要将之关停的声音。我作为矿山办公室主任，陪同矿长向集团公司汇报工作。谈到矿山的前途时，领导说："集团公司在周边采购石灰石要便宜多了，因此有人建议把矿山关停，人员撤回本部，资源和退休人员移交地方政府管理。希望你们就矿山生存和发展问题写一个报告，提出你们的看法和建议，最好要有解决方案。"

回到矿山不久，矿里向集团公司呈送一份有 21 页纸的详细报告。集团公司决定矿山不关停，但也明确了矿山的战略定位：保有矿山资源，平抑市场价格，进一步精简矿山机构和人员。就这样，我随着大批精简人员回到集团公司本部，剩下很少的职工，陪着矿山进入"冬眠"。

不打"退堂鼓"

十年时间，就在矿山离我的记忆越来越远的时候，命运又在有意无意间把我拉回到矿山。领导询问我的年龄，让我谈谈对矿山的看法。

我心里明白领导的想法，但我对在本部的工作现状很满意，家人也都在湘潭安顿好了，连亲戚也不在东安，到长株潭了。随着年龄增加，更不想折腾了。

部门领导找我谈话："你先不要一口就回绝嘛，征求一下家人的意见再说。"谁知我回家刚开口，母亲和妻子就异口同声地反对："那个地方不好搞。"

2017 年 12 月 15 日下午，我忐忑不安地来到集团公司领导办公室，居然是两位领导找我谈话。面对离开十年的矿山，心中的未知让我感觉到抗拒，因为我跟矿山已经变得陌生，不知道它的现状如何，又有着怎样的未来。回绝领导，是我当时唯一的想法。

这个时候，公司常务副总经理指着我胸前佩戴的共产党员徽章说："你是不是共产党员？是党员，就要服从组织的分配！"这句话点醒了我，让我脸红心跳，再多的不情愿，也不能成为打"退堂鼓"的理由。我讪讪地说："那我就回东安搞两年吧。"直到现在，我都记得公司领导信任而又深邃的眼神。

12 月 18 日，我赴矿山上任。湘潭出发时还是艳阳高照，而株洲西高铁站的站台上却是北风嗖嗖。衣服穿少了，一阵寒意袭来。

到达矿山，看着坐在会议室的仅仅 12 个职工，面对曾经的同事们那有点沧桑的面容，我不知道说什么好，只觉鼻子发酸，泪水在眼眶里打转。熟悉的人，熟悉的办公楼，熟悉的桌椅板凳，在此环境中，我竟然不熟悉自己了，有一种时空穿越般的梦幻感。

正如有人问我："你为什么要回矿山？"我无法回答。也许，对于矿山，我大概还有该做的事未做，该了的情未了吧！

甘当"扳道工"

站在羊角寨矿区山顶，看着被迫停产整顿的矿山，那满是泥泞的道路和简易的生产线以及寂静的采场，我的心情无以言表。

这是我第三次爬到山顶了。第一次是在矿山当团委书记时，组织团员青年野炊，大家意气风发，指点江山，大有矿山主人翁模样；第二次是陪同集团公司部门领导回到矿山考察，爬到山顶后，大家都感叹于它的美、它的俏和它的灵秀；这一次，我却感觉到我跟它更近了，我好像感受到它心跳的韵律。

现实总是充满挑战，还没开始理清头绪，就遇到了重重困难。周边的村民过来了，二三十人把我围了个严严实实。面对他们七嘴八舌的诉求，我第一次感觉到自己是如此无助。

回到集团公司，我向领导诉苦，觉得自己无力把矿山搞上去，还是调回本部工作为好。党委书记笑着对我说："就是因为有困难，才要你去啊！你要多想办法，大胆去做，我们是你的坚强后盾。我给你提一个要求，在2月1号之前，一定要把生产恢复起来。"

东安县领导在矿区现场协调工作

从党委书记办公室出来，我匆匆忙忙去看望母亲，又给妻子打电话，让她跟我回东安。我知道，自己没有退路，必须勇毅前行。

在呼啸奔驰的高铁上，感受着战马嘶鸣，我觉得自己就是一名孤勇的逆行者。就如《孤勇者》中唱的那样：战吗？战啊！以最卑微的梦，致那黑夜中的呜咽与怒吼！

对政府，对村民，对生活区的居民，没有勇气，没有决心，当“维持会长”，必定一事无成。我知道，年龄决定了我是过渡者，责任决定了我是扳道工，我明白自己应当做些什么。

东安矿第一任矿长邓矿长的女儿，约了几位其他矿领导的孩子，从深圳、广州、上海和长株潭等地到东安矿来看我。大家回忆起邓矿长，当年中原突围时，他担任首长的警卫，后转业到矿山任矿长并兼任县委常委。他们那一代人，经历了矿山的上马又下马，但从没有放弃。大家叮嘱我：“你作为矿山子弟，一定要和留下来的人一起，把我们的矿山建设好啊！”

责任重大，只有坚强！我跟在职的 12 位兄弟姐妹说：“我不需要你们冲在最前面，但当我往前冲的时候，希望大家一定要跟上。”我和同志们商量决定，要用安全、环保整改的决心，用坦诚相见的真诚，赢得每一天的改变、每一天的进步。

矿里用图文并茂的文案广而告之，利用市、县经济工作会议主动发声，到政府各部门广泛接触，介绍湘钢以及矿山的基本情况和发展方向。

终于迎来了县委县政府组织的“湘钢东安矿相关工作会商会”。会上，我真诚地对县领导和各部门负责人说：“东安矿同东安县六十年风雨相随，感情是深厚的。现在要建设新矿区，我们也一定会为东安县的经济社会发展作出更大贡献！”

县委书记、县长要求县政府各部门配合矿山，尽快完成安全、环保和职业卫生健康的取证验收工作，依法恢复生产经营。在另外一个场合，县委书记对湘钢作为湖南省大型国有企业的旗帜作用表示肯定，对矿山建设、东安县与矿山的合作共赢充满期待。

湘钢集团主要领导到东安来了，东安县委书记、县长等领导到湘钢来了，部门对接更密切了，政企关系更近了，沟通更到位了，合作更愉快了。

2018 年的 2 月 1 日，矿山恢复生产。在政府的协调下，东安矿同周边乡村一起“共商、共建、共享”，成立村集体企业，引进劳务公司，矿山生产经营结束“冬眠”，焕发春的生机。

“枯木”生新枝

我要求矿里财务测算出三种情况下的盈亏平衡点：一是全部自产石灰石；二是全部外购石灰石；三是自产一部分，外购一部分。他们告诉我算不出来，因为怎么算都是亏损的，而且，集团公司也允许矿山亏损，测算没有什么意义。而我接触的一位个体采石场老板，东安矿从他那里购买石灰石供应集团公司，他跟我说，他 2017 年赚了 1000 万元。

我和大家一起，反推矿山的石灰石生产和外购成本，在税务、人工、运费、产量、价格等方面，究竟是哪些环节出了问题，全方位开源节流，堵塞漏洞。3 月份，矿山实现真正意义上的点对点赢利，增强了职工对矿山的信心——原来，矿山并非只能亏损，也是可以赚钱的。

2018 年，对于矿山来说，是值得记住的一年。集团公司历年召开的都是“保铁会”“保钢会”，而这一年，因为环保压力，集团公司石灰石采购告急，每周一次的“保石灰石”会议，让我倍感压力。

一个月内，我们跑遍了全永州市 11 个县市区，走访 66 家有一定规模的采石场。我们发现，很多人都在抢占资源。他们告诉我，谁拥有资源，谁就拥有未来。

面对我们优质的矿山资源，不少人甚至还偷偷地到矿山进行过考察，他们愿意同矿山合作，深入开发利用好矿山资源。对此，我一直半信半疑。直到在长沙 4S 店碰到一件事，才让我真正意识到：矿山的春天来了。

儿媳妇想买一台车，准备付全款，4S 店却动员她贷款购车，因为优惠力度更大，但需要有人担保。我正好陪他们看车，就由我作为她的担保人。工作人员把我的身份证拿走不到十分钟，4S 店的经理就过来了，把我们请到 VIP 贵宾室，热情地对我说：“肖总，原来您家里有矿啊！”我顿时目瞪口呆，但也瞬间就明白过来，原来我是矿山的法人代表，他们误认为我家里有矿，把我当成矿老板了。

我把这个故事讲给集团公司领导听，他半开玩笑似的对我说：“老肖啊，你这广告不错！公司根据实际情况，已经改变对东安矿的战略定位，决定加大对矿山的投入和开发力度，把矿山打造成省内乃至全国范围内的优质石灰石深加工基地。”回到家里，我流着眼泪告诉妻子这个消息。那天，我自己喝醉了。

石灰窑建成了，2 号破碎线也破土动工。集团公司离退休的老领导来了，看着平整的采场、新建的厂房、忙碌的工地和棚户区改造的小区模型，面对变化的矿山，他们兴奋地说：“现在好了，矿山一定会成为湘钢又一个新的经济增长点。”

回到矿山工作，竟然已有四年。现在，我卸下担子，回到我在集团公司原来的办公室，日历翻开新的一页。但我总有一种内疚感，觉得矿山的事情应该可以干得更好。欠着矿山的债，大概这辈子也还不清了。

（文字编辑：胡佩生）

三张集体照

段立新　唐梓钧

在阳春新钢铁的创业图片展厅，陈列着三张集体照，总会吸引前来视察和参观的上级领导、来宾驻足观看。陪同的新钢铁人也往往凝目而思，脑海里浮现那些岁月，追忆照片上人物的那些故事。

第一张照：创业者“全家福”

这张集体照，记录着湖南省国有资产对外投资的一件大事：2008 年 1 月 10 日清晨的薄雾中，一群伟人故里的湘钢人登上南下车队，翻越绵延南岭，当天深夜抵达阳春。

半个世纪前，鞍钢一支大军“北雁南飞”建设湘钢；而今，湘钢在缺乏重化工业传统的广东省西部地区，对长期亏损的老国企阳春钢铁公司实施兼并重组、环保搬迁，投资建设现代化的阳春新钢铁有限责任公司，上演新时代的又一次“北雁南飞”。

第二天上午，全体人员来到新钢铁临时办公地点——阳春妇儿活动中心。这里依山傍水，东湖水库碧水荡漾，清新的南国气息为创业者们洗却一路征尘。

领导说：“咱们拍张‘全家福’吧，给将来留个纪念！”大家

2008 年第一批调转人员合影

很快围拢过来站成 5 排，仅有的 8 位女员工站在前面，被称“八朵金花”。每个人脸上绽放着灿烂笑容，是对未来的美好期待。湘钢派来的随队摄影师按下相机快门，定格新钢铁人的第一个早晨。

照片上共有 78 人，其后时隔十年、十五年的第二张、第三张合照，里面的人物大都来自这张集体照。

这张照片末排正中间是一位“高人”：个头高，一米八几；业务水平高，来前在湘钢工程部是老科长，长期搞土建。巧合的是，他真姓“高”，大家都喊他“老高”。老高其实并不老，也就四十出头，是工程管理组副组长，新钢铁建设项目由他负责日常协调。

“我比大伙儿了解阳春早一点，2007 年秋冬就跟随湘钢领导来勘察过。”老高对于自己会调来，早有心理准备，因为他是干这个的。当领导找他谈的时候，他也没什么犹豫。妻子知道拦不住他，就把家里的大小事全揽下了，上要照顾生病的老人，下要带好上高中的儿子，支持他安心“南飞”。

老高知道在阳春搞建设条件艰苦，但怎么也没想到会是这样的苦。“不是可以咬咬牙挺过去的那种苦，而是无奈、无助，有力无处使的苦。”

征地拆迁的难度远远超出想象，先前摸底120多户，一进场上门登记，乖乖，多了4倍……企划组副组长老朱每天跟着市协调办的干部们一起上下班，泡在南山附近的村子里。

老高内心焦急，眼看着一天天过去，施工单位的挖机闲在路边晒太阳。晚上他去八楼敲老朱的房门。

“我就问你，什么时候给我地？”

“征地是天下第一难事！我终于信了。”老朱没有正面回答，“霸蛮搞不得，调子高不得。这真是个苦差事，跑断了腿，磨破了嘴，就是看不到头。”他对着老高苦笑。

时间过了两个月，施工机具终于进场，老高忙碌起来。经常在工地附近的田埂上、尾砂坝上、果园边碰到老朱他们，大家凑在一块，铺开图纸测算着……

天有不测风云。2008年5月，边征地、边场平刚刚打开局面，一场倾盆大雨从天而降，一下就是两个月，场平地域一片汪洋，施工机具就如老牛掉入深泥潭——动弹不得。

天气闷热，老高有些上火。“这么闹腾着，里面的挖机就会废了个屁的！”机具被阻滞在工地，当时工地还要靠柴油机发电，柴油进不了场，电自然发不出来。

老高、老朱他们经过察看，晚上没有阻工人员围守。“那就晚上组织送油。”他们和施工队的两个人，壮着胆子，趁着夜色，悄悄摸到道路挖断的地方，把作为路障的石头和树枝掀开，用铁锹把道路填平，然后用手电筒发出信号，等待已久的两辆油罐车立即开足马力，赶在阻工人员行动前通过路障口，送油任务告成。

暴雨、阻工，偏偏这时又有人往省里告状，信口雌黄抹黑项目。大雨浇慌了人心，风波动摇了信心，南山的上空笼罩着阴云。

老高每天晚上会给家里通个电话。老婆在手机那头很焦急：“我们这边都在传，新钢铁项目要下马了！”老高安慰妻子：“胡扯！只不过眼前遇到一点困难而已，会好的。”

有的女员工议论：“这回真的是无颜见江东父老了。”“阳春适合搞农业，我们集资养猪算了。”说笑中透出的却是慌乱，还带着心酸。那是新钢铁最为痛苦无助的一段日子。

到了桩基施工阶段，老高以为打桩机一进场，操心的事会少一些。但随着施工推进，进度越来越慢了。通过详勘发现，脚下竟然是庞大的溶洞群，有的深不见底。短短几米范围内，地下岩层高度相差三四十米，烧结区域甚至发现有五层溶洞，最深的桩基要打 53 米。一般来说，打一根桩基只需要 2 至 3 天就可以完成，但由于喀斯特地貌，成桩效率低，打那根才 20 多米深的桩，花了整整半个月。结果，

阳春新钢铁建设初期景象

整个工程仅冲孔桩就打了 5000 多根，这在冶金建设工程史上极具挑战性。新钢铁请来国内地质专家进行两次研讨，确定采用 CFG 桩、静压管桩等多种桩基方案，才有效减少投资费用。

新钢铁发源于伟人故里，也许是这种情结的缘故，大家从骨子里认为先天带有红色“护身符”，大家至今仍津津乐道于两件幸事。

一件与天气有关。总指挥部早就确定，2008 年 11 月 1 日作为项目奠基日，但那段时间的天气很不稳定，时晴时雨，到了临近的几日更是暴雨连天，仪式筹备工作比较被动。11 月 1 日当天早上，老高早早地到了现场，他抬头看天，仍有黑云压顶之象，毛雨轻飘。可是，8 点半以后云散天开，整个奠基仪式竟然阳光普照，高悬的红球彩带格外耀眼。更为神奇的是，仪式结束仅隔两个小时后，场地再次恢复了狂风暴雨，而且又是接连多天。大家都说，这是冥冥之中的天意啊。

另一件是投产的日子。总指挥部在 2009 年 11 月根据节点进度，初步确定 12 月下旬某个日子投产，一切按此准备。但是，生产工序环环相扣，计划跟不上变化，投产日期只能动态地调整。一直到 12 月 10 日高炉风口点火，才真正进入精确倒计时阶段。2009 年 12 月 26 日凌晨 4 时 18 分，新钢铁的第一批产品——141.71 吨炽热的铁水从沸腾的炉膛中奔流而出，如同初生的婴儿呱呱落地，向世人报喜。

第二张照：拾年芳华

2018 年 1 月 10 日，清晨，碧空如洗。在当年拍摄第一张合影的老地方，聚集着仍在阳春的创业者们。这个时候，新钢铁已经走出市场低谷，恢复元气，具备了年产 300 万吨钢的水平，产品跻身广东一线。正逢建企十年，大家称为“拾年芳华”。

摄影师指挥队形，快门咔嚓作响，人们自信坚定——这不仅仅实现了“十年厂庆再拍一张”的约定，也是对“一定要把项目搞好”的初心和使命的最好印证。

队伍中的老罗，搞炼钢是把叫得响的好手，两次合照都选择了第二排右“C 位”。在所有人中，他最早举家而来。

2010 年前后，一期工程刚刚出铁，他的妻子、母亲就来到阳春安家，两个弟弟，也都是后续调转人员。所有这些，要从 2007 年 11 月的那个傍晚说起。

老罗接到调动任务就一直思忖：这不是件小事，怎么和妻子讲？决定开口这天，晚饭的口味好像都与以往不同。他一边咀嚼一边组织语言：“公司要在阳春建个厂的事，你知道吧……我接了调令。”

妻子明白事理，但这意味着要在一个陌生地方重新开始，看看家里老小，她不免会有疑虑。老罗语气平和而坚毅：“人生总要面对一些机遇和挑战。我先过去，安稳了就来接你们。”

妻子沉吟了一下：“你在哪里，家就在哪里。”

准备行装的同时，老罗也注意收集项目情况和阳春风土人情方面的资料，进行着心理建设。大部队“开拔”到阳春的十来个小时路程当中，他心里挺淡定的：“反正最坏的打算都做了，那就什么都不成问题。”然而，真到荒如戈壁的工地，老罗还是忍不住倒吸一口凉气：“条件真的蛮简陋。没干过筹建，怕搞不好，花了很长时间才理清思路。脑袋是蒙的，‘压力山大’！”

到了审查图纸的关键阶段。这天，老罗和往常一样，已经连续工作了十多个小时，打算稍稍休息，却接到妻子电话：岳父过世了。他暂时放下手头工作赶回湖南，用了三天时间处理老人家后事，一边还忙着接阳春那边的电话，然后急匆匆赶回厂里，睡觉就只能在车上打个盹。聊起这段回忆，老罗感慨万千，这是第一次感觉湘潭

2018 年第一批调转人员合影

远隔千里。

2009 年 12 月 10 日，2 号高炉点火，出铁进入倒计时。仪式现场，大家兴奋交谈，老罗在人群中寻找杨工的身影。现在是最忙的时候，虽然两人都在工地长驻，但好像很长时间没见面了。

杨工是 2008 年 9 月从湘钢 3 号高炉车间主任岗位上调来的，才三十多岁，却患有心血管方面的基础病，来与不来，一度十分纠结。老罗看到杨工时，还是被他明显不好的状态惊了一下，但转念一想，自己现在的样子，恐怕也好不到哪里去。

许久没见，老罗提出到办公室坐坐。到了门口，杨工的手颤抖得拿不稳钥匙。老罗有一种不好的预感，犹豫一会儿，还是开了口："老弟，怎么这么个情况，要不要到医院去看看？"

杨工回答："就是这个手有点疼，有几天了。忙完这阵子，等高炉投产了再说吧。”他接着说，“炉子点了火，压力看起来好像没那么大了，还是每天要在厂里走一圈、看一遍才放得心，毕竟是第一炉铁……你那边怎么样？”

“差不多，就是忙。”老罗看到角落里的破旧行军床，“平常就这么睡？床脚都烂了，你不怕半夜里垮下来？”

“你也知道，这几个月都在厂里搞到晚上，困了就眯一下……这个用砖头垫着就可以，投了产就让它退休。”

老罗会心地笑了笑，这几个月来，自己何尝不是经常在办公室里对付着睡一下，于是感叹道：“都是干起事来拼命的人。”他看看手表，“杨工，你那些毛病，该检查检查，该控制控制，不是小事，身体是本钱。”

“放心，老兄，我扛得住……”

高炉投产不久，杨工果然病倒了。心念着炉况，他带病重返岗位。2010 年 4 月 9 日，杨工再次病倒，这次，他最终没能够“扛住”。

2010 年 1 月、2 月，一棒材、1 号转炉相继投产，新钢铁一期项目全部建成。虽然无缝转入二期建设，但这个春节算是难得的欢愉时光。过完新年，老罗把母亲接到身边，本想多尽尽孝，但母亲年纪大了，又有心脏病、糖尿病，来阳春不久就水土不服入了医院。母亲还没转好，老罗就要去外地考察连铸设备。他辞别母亲，没想到，竟成了永别。老人去世第二天，老罗匆匆赶回阳春。看着阴阳相隔的母亲，铁骨铮铮的汉子流下了泪水。

老罗是首批创业者的缩影。十年前，他们无不是挥别亲友，背井离乡，义无反顾来到阳春，再造钢城。不少小青年，有的新婚燕尔就与爱人分别，有的因此一再推迟婚期。有的出发时，妻子刚怀孕三个月，孩子出生后匆匆一面，再见时已经一岁多了。有位员工来阳春时孩子只有两岁，之后与爱人一直两地分居，到了做好携妻

阳春新钢铁铁系统投产庆典

带女迁居阳春的准备时，没承想，竟会长眠于漠阳江畔。

第三张照：踏过沧桑人未老

2023 年 1 月，当年的新钢铁创业者们接过第三张集体合影，都不约而同地拿出先前那两张照片仔细作一番参详。大家天天面对面，往往不容易察觉容貌的变化，但对比五年前、十五年前，就能发现改变其实挺大的。

有几个当年的“嫩小伙”，样子已经不嫩了，专业上、水平上则是老到了，甚至称得上佼佼者。这种员工与企业的“共进”，最值得久久回味。

第三次拍摄集体合影的时候，刘副厂长和上次一样，选择了靠后的位置。但是提到他的专业——电气及自动化，这位从湘钢第一棒材厂走出来的技术员“小刘”，已经站在了头部梯队，成为响当当的“权威”。

先前，轧钢厂三条生产线上共有11套飞剪控制系统，其中二棒和高线飞剪的核心控制程序存在技术壁垒，一旦出状况，只能找设计制造方独家购买硬件和服务。

为了破解这一要命的“卡脖子”问题，刘副厂长带头成立“启停式飞剪控制系统的开发”攻关小组，制定了“极致化”的攻关指标：一是剪切精度误差小于剪切速度5毫秒；二是剪切动作的可靠性大于100万次，也就是说，100万次动作中不会出现飞剪本身造成的误动作或者是不动作。

严苛的指标，意味着极大的挑战。刘副厂长带着攻关小组，历时6个月，终于在2016年12月成功开发出具有自主原创性和创新性的飞剪控制系统。新系统采用标准化、模块化、变加速度控制、在线负公差测量等多项技术，剪切精度及稳定性达到国内先进水平。

他还统一新钢铁所有飞剪的操作方式，突破了技术封锁，提炼出的《一种基于CU320-2DP控制单元的飞剪控制系统》获得专利，具有很大应用价值，在国内专业领域引起不小的反响，这也使他受到西门子公司的关注。

2018年，西门子邀请刘副厂长参加专家会议，并代表阳春新钢铁就新开发的飞剪控制系统作专题演讲。现场有几个同行，听完演讲意犹未尽，台下又堵着他交流了许久。

刘副厂长成为西门子技术论坛MasterDrives（一种驱动器）和SINAMICS（一种驱动器）两个版块的版主，并在2021年4月受邀为西门子工业学习平台特约作者。其间，他发表了《全控桥、逆变及两象限励磁》等多篇有分量的文章，在业内的名声也更加响亮。当地政府和企业知道新钢铁有这么一位“技术大拿”，时常请他帮助解决问题。发来的感谢信里，对其专业水准、无私精神大加称赞。

十五年过去，很多年轻人成长起来。每逢新钢铁领导向客人介

阳春新钢铁有限责任公司第一批调转员工合影留念 2023年1月10日

2023 年第一批调转人员合影

绍这三张集体照时常常感慨：如今在岗的第一批创业者人数逐渐减少，后来人却很“茂盛”，这就是希望。

向下扎根，才能向上生长，而扎根的实质，是湘钢奋斗文化对新钢铁的统领和发扬光大。记得新钢铁投产在即，本地人压根不愿到钢铁企业“上工”，人力资源部门赶紧到湘潭招募，才解了燃眉之急。这也导致初期的湘籍员工占到 90% 左右。后来，企业发展了，影响力大幅提升，粤籍员工的占比不断增长，现在达到将近 60%。绝大多数原籍外地的员工在阳春安了家，转成了阳春户口，许多人找的是本地媳妇。

与湘菜截然相反，广东饮食讲原味、重清淡，一开始大家不习惯，公司就在食堂开设辣与不辣两种窗口。生活日久，最“执拗”

的舌头也被同化，几天不喝老火汤、不吃白切鸡，心里痒痒的，反倒是回了湘潭受不住重油重辣。还有湘潭槟榔，阳春的大小“士多”店随处可见，并非特供湖南人，许多本地人也开始“朵颐”起来。

最曲折的还是“安居”。第一批调转人员抵达时居住在小宾馆，是后勤“先头部队”提前半年、找遍阳春才谈下来的。马水生活区投用以前，员工分散在五六个地方。条件最艰苦时自搭板房，住进1500多号人。用员工们的话说：“这里的蚊子厉害，隔着蚊帐、顶着蚊香还能咬人。”2011年3月生活区开始投用后，员工才渐渐集中。近些年，生活区的条件不断完善，单身员工每人一间，有些已婚员工还在这里租住套间。现在，“钢二代”在游乐场里嬉戏，果树花树摇曳生姿，员工们在篮球场、足球场、羽毛球馆里挥汗如雨。

成了家的员工，绝大多数在市区买房，阳春人称他们是“湘钢人”。身边的当地居民朋友现在还会吐槽：你们来了，房价涨得飞起。一个企业融入城市、改变城市的故事仍在继续。

今天，大家回湘潭出差，和朋友道别时脱口而出：“我明天回阳春……”事业在阳春，父母在阳春，孩子也在阳春，这里当然就是“家”，这是缘分，更是选择。

这就是三张合照的故事，琐碎、真实。企业成长还在继续，奋斗的故事就在继续。不同的是，今后的故事肯定会更加精彩。而我们大家，就像新钢铁建厂十五周年厂庆主题曲的歌名一样，都是“写故事的人”。

（文字编辑：刘纲要）

“南飞”的钢三代

贺丹

阳春的夏天带着潮湿气息，在鼻尖肆意蔓延，窗外阳光穿过葱郁的树冠，投落满地的树阴。湘潭的夏天远比阳春来得浓烈，阳光烘烤着大地，炽烈到快要冒出烟来，扶疏的枝叶间，必定伴随着高亢嘹亮的夏蝉嘶鸣声。

2023 年，这已经是我们一家人从湘潭“南飞”到阳春的第 13 个夏天。岭南之晨的一缕阳光，洒在书柜那座“全国五好家庭”的奖杯上。光与影的交错间，我的思绪一下被拉回到 13 年前。

从“钢三代”到新“钢一代”

“你好，阳春的高线项目已经启动，希望你能加入我们的建设，下午你能到湘钢宾馆来详谈一下吗？”

2010 年 7 月，阳春新钢铁公司领导打给我丈夫大杨的这一通电话，划破这个夏天的平静，也改变了我们家后来的生活轨迹。

从湘钢宾馆回来，大杨话很少，一直处于思考状态。直到吃晚饭时，他的话匣子才打开，不知为什么，竟然给我讲开了大道理。“1958 年，我姥爷他们是第一批‘北雁南飞’，从鞍钢到湘钢来支

一家三代合影

援建设的；1970 年，我父亲大学毕业就投身到湘钢的建设了。那时候条件艰苦，老一辈人艰苦奋斗，从无到有、从小到大、从弱到强，把湘钢建设成了如今的规模。”大杨端起桌上的水杯喝了一小口，顿了顿接着说，“现在我们去支援阳春新钢铁的建设，也算是‘北雁南飞’，是对父辈们创业精神的一种传承。嗯，是一种传承。”他强调了一遍传承，我知道他是在担心我不同意。

听到大杨的话，我内心掀起一阵波澜。我们俩学校毕业就在湘钢工作，一晃已有十个年头，眼下他在检修中心担任高线工区主任，我在管理创新部从事企业管理工作，小孩读小学一年级，工作和生活都很稳定。改变，就意味着要面对众多的不确定性。我一阵沉默，没有接他的话。

“从姥爷那一代算起，到我这里已经是湘钢的第三代人了，如果我们加入阳春新钢铁的创业队伍，我们就是那里的‘钢一代’！现在新钢铁高线建设需要人，我从毕业到现在都是围着高线转的，把自己的所学所知应用到新钢铁，也是对湘钢培养的一种回报。将来新钢铁定会成为粤西的第二个湘钢，等到我们暮年时也能自豪地跟孙子讲，新钢铁的辉煌也有爷爷奶奶的贡献。”

看着大杨略显兴奋的表情，我知道他已经做出了选择。我思考片刻说：“刚参加工作那会儿，正值二高线一火成材改造，你被派往哈飞进行设备监制，一去就是一年，留我一个人在湘潭。这次你去阳春，我和儿子要跟你一块去！”

于是，在这个平凡的夏季，我们做出了一个不平凡的决定：举家迁往阳春新钢铁，做新钢铁的“钢一代”！

我们的房子在哪里?

简单收拾了几件换洗衣服，大杨便赶往阳春新钢铁，我则留下来打包行李、办理小孩转学手续，为定居阳春做好准备。

“出发去阳春啦！”2010 年 8 月，我和儿子也踏上南下的火车，7 岁的儿子对阳春充满了好奇与期待。到达广州后，转乘 4 个小时汽车，终于到达阳春。

“妈妈，这里的房子好矮好旧啊！”这是儿子对阳春的第一印象。随后的一周，租房子、找学校，把托运来的行李布置好租住的房子，我们新的生活初见雏形。

“今天晚上不回家吃饭，设计图纸有几个地方还要到现场再核实一下。”

“今天晚上不回家睡觉，有个重要的安装节点。”

“今天会回去得很晚，有几个技术问题还要讨论。”刚到阳春的那大半年，我接到大杨的电话周而复始就是这些话。

“明天我要去趟北京，跟总包单位确定精轧机组试车方案。”电话那头，满是工地施工的嘈杂声。“那今天晚上你总要回家吃个饭吧，儿子说好久没有见到爸爸了。”我佯装埋怨地说道，只为满足儿子的心愿。“争取吧，不一定，看情况。”大杨的语气中夹杂着些许歉意与无奈。仍旧没有例外，晚上的餐桌前只有我和儿子。

“试车方案讨论得顺利吗？”大杨到北京的第三天，我给他打去了电话。“挺顺利的，这次不仅明确了试车方案，还解决了阻尼垫装配质量问题。”大杨的声音充满喜悦。

“我在东湖广场的售楼部，准备交定金了。我觉得在买房子之前，还是要跟你说一声。”我默默地等待丈夫的反应。买房子是大事，我知道应该要事先跟他商量好才做决定，但是他天天在工地，早出晚归的，哪有时间跟他商量呢。

“……”电话那头沉默了。为打破沉默，我接着说：“阳春虽然是个小县城，但物价不低，每个月的房租都可以付房子的按揭了，综合考虑，买房比租房性价比高。”

“你定吧，过两天我就回来了。”这便算是双方达成一致了吧。大杨回到阳春，只粗略地问了房子首付多少、按揭多少，便没再怎么过问房子的事情了。

高线项目马上要进入热负荷试车，大杨在工地连轴转的次数越来越多，这回不单是儿子见不着他，我也很少见到他了。“明天早上给他送早餐，给他个惊喜。”我在心里暗暗策划着。

第二天清晨，我拎着早餐推开休息室的门，只见大杨和同事们或坐着、或靠着、或席地，都睡着了。一群大老爷们，这么些天也没回家洗漱，休息室里着实“男人味”十足。听到动静，大杨睁开眼看到是我，便抬手看看手表，笑着说：“你来了，今天试车成功了就可以回家吃饭啦。”在清晨的阳光里，大杨的脸庞虽带有倦意，眼睛里却闪着光。我也笑着说：“一定会试车成功，晚上做好吃的等你回家。”

讨论停车场改造项目

“爸爸，你终于回家了，你知道我很想你吗？”儿子直述着自己的情感。“爸爸也想你，看妈妈做了好多好吃的，来吃块红烧肉。”大杨夹了一块红烧肉递到儿子碗里，掩饰着自己对儿子的歉意。吃完饭，大杨像是突然想起什么大事，跑到我旁边说道：“老婆，我们的房子在哪里啊？今天晚上去看看吗？”这是他第一次去看我们在阳春的家。

瞧这一家子

早晨闹钟响起，我缓缓睁开眼睛，才发现大杨又不在家。“你去厂里了？”我需要确认一下。“是的，昨晚吐丝有些乱，就过来看看，已经解决了。”大杨平静地回答。

高线虽已投产，但生产初期的工作却依旧繁忙。只要生产出现问题，调度员都会第一时间打电话通知大杨，因此他的那根弦时刻都是紧绷着。即使是在深夜，只要电话铃响一声，他便会接通电话。我睡眠深，经常是在第二天早晨才会发现他又赶去了厂里，久而久之便也习惯了。

“公司要成立招标中心，现在面向全公司招聘主管，部领导让我们调转的人员都报名。”我犹豫地说。“好啊，应该去试试。”显然大杨持支持态度。

“可是，你刚担任厂长助理，高线又刚投产，厂里那么多事，家里总得有个人照顾啊。”“招标中心刚成立，如果我应聘成功，那肯定有很多很多工作需要去做，我担心没有那么多精力照顾好这个家。”“虽然你爸妈在阳春，可是教育和陪伴孩子的事情是我们的责任，不能全部交给老人啊。”我一股脑儿地倾诉着自己的忧虑。大杨笑了笑，拉着我的手，很认真地说：“你不要焦虑，放心去做自己。孩子只会因为自己妈妈的努力而骄傲，我们的小家需要三个人的共同努力，儿子也不例外。只有在奋斗中共同成长，才能使生活更有意义。”就这样，我参加了应聘，并有幸担任招标中心第一任招标主管。

“外公外婆要来啰！这下爷爷奶奶、外公外婆都在阳春了，太棒了。”儿子念叨着，沉浸在自己的欢喜中。真是老话说的那样：子女是父母永远的牵挂。我知道，爸妈和公婆都是担心我们在阳春的工作和生活而选择了背井离乡。

“我要回一趟湘钢本部，这次去招标中心要学的东西很多，估计要一周的时间。”吃晚饭的时候，我说着自己的工作行程。“放心去吧！”四位老人异口同声地说到。“妈妈，你就放心去出差吧，我现在能自己骑自行车上下学，中午就在午托，我能照顾好自己的。”儿子也来宽我的心。

2011年1月，我们一行四人奔赴湘钢学习，收获颇丰。回到阳春，我们马不停蹄地制定招标工作管理制度和流程，布置标厅，购置设备……从团队组建到正式开标，仅用了两个月时间。2011年3月1日，招标中心正式“开张营业”。

“妈，你在阳春过得习惯吗？”招标中心走上正轨后，我才开始关心老人的生活。“阳春空气质量很好，我们每天都去环湖。这里有好多湖南来的老头老太，像隔壁栋的李老师两口子，楼上的刘师傅两口子，还有你以前二炼钢的同事王主任两口子……”我妈如数家珍地告诉我哪些同事的父母来了阳春。我不由感叹：哪有什么岁月静好，只因有人在替我们负重前行。

永远的痛

“自古忠孝难两全，兄弟姐妹们，我回湘钢了，你们要坚持，要加油！”我们部门投资室主管在欢送宴上含着泪举着杯对我们说道。他是第一批从湘钢调转到新钢铁的，因为父母双双病重住院，他频繁在阳春与湘潭之间往返，身心俱疲的他，最终选择回湘潭尽孝，不得已离开了新钢铁，部领导让我接任了投资室主管岗位。

“你爸最近总觉得身体不太舒服，我陪他回湖南去检查检查。”我妈神情有些凝重。送他们上了高铁，我内心总是忐忑不安。

“你爸现在住院检查，医院开了些调理的治疗，你爸觉得好些了。你放心，安心工作，再过一段时间，我们又可以去阳春了。”半个月后，我妈在电话里兴奋地告诉我。

“你爸中风了！现在转到中心医院了。”突如其来的消息，让我不知所措。手头的总包项目还有两家单位就完成技术交流了，是马上回湖南，还是交流完了再回？我内心充满了矛盾，最终选择了后者。

等我赶回衡阳老家，赶到医院，只看见父亲身上插着各种管子，不能说话、不能动弹。我眼泪不自觉地流淌着，内心满是自责，后悔为什么不选择第一时间赶回来！幸亏送院及时，父亲的病情也在一天天地好转。守在病床前，第一次为父亲刮胡子，第一次为父亲剪指甲，第一次为父亲洗脸……才发现原来自己为父母做的太少太少。

在医院陪护了一周，父亲的病情已基本稳定。“妈，那个总包项目要筹划招标方案，我得回阳春了。爸接下来的康复治疗就要辛苦你了。”望着憔悴的母亲，我都不知道自己是怎么狠心说出这些话来的。

项目完成招标，签订完合同，待我再回湖南是一个月以后了。父亲虽然已经病情稳定，可以站起来蹒跚着走几步，但语言功能和吞咽功能受损，说不出话，也只能靠流食供给身体所需。看着已经瘦了一大圈的母亲，我内心五味杂陈，想必老主管当年的心情也是如此吧。

“你爸晕倒了，现在你表哥背着你爸上120送医院了。”深夜，在阳春接到我妈焦急的电话。第二天，我坐最早的高铁赶回湖南。一到医院，医生便喊我去办公室谈话：“病人长期靠流食维持，身体得不到足够的营养，器官会逐渐衰竭，你们家属要做好思想准备。”我脑袋顿时一片空白，做好思想准备？原本以为这样的话离我还很遥远，不承想竟是如此地近。

“妈，今年春节我们回来过年，一家三口都回来。”不知道还能陪父亲过几个年。“好好好，你爸也想外孙子了，你们回来过年好啊！”我妈连连答应着。年初二，请亲戚们一起吃年饭，拍了合影，没想到竟是最后的一张合影。

“你爸情况不太好，你赶紧回来吧！”母亲用虚弱的声音说着。挂了电话，我号啕大哭，方寸大乱。大杨见状，打电话安排好厂里的事情，赶忙收拾了几件换洗衣服，拉着我，开车向湖南驰去。

八百公里的距离，怎么这么长，仿佛看不到尽头。等我们到家，是凌晨两点，父亲已经永远地离开了，未能见到父亲的最后一面，未能在床前尽孝，是我心里永远的痛。

我要追上你

“我想去读武汉科技大学‘项目管理’专业的在职研究生。”面对我没头没脑的话，大杨一脸蒙。“在投资管理上我缺乏经验，要么不干，干就要干好，所以我想去考研，系统学习一下项目管理知识。”我解释着自己的想法。“考研是个好想法。”很多时候，大杨总是这样无条件地赞同我的想法。“可是在职研究生要参加全国 GCT 统考，要考语文、数学、英语、逻辑四科。咱俩从学校毕业已经十二年多了，数学和英语比较陌生啊。”我又担心着能否考过。大杨掏出手机查了查考试时间：“年底考试，赶紧复习，说不定还来得及，试试看吧。”“你和我一起考试吧，两个人双份力量。”我狡黠地冲他笑着。就这样，他也加入了考研队伍。那段时间，我们白天上班，晚上学习，能利用的碎片时间，一点都没放过。

“成绩出来了，我过了，你快查一下！”同事小邹激动地告诉我。握着鼠标的手有些颤抖。“过了，过了，我们都过了！”我也传染着小邹的激动情绪给大杨打去电话。三年的在职研究生学习，就此拉开帷幕。

“小贺，你好，我是人力资源部的，今年高级职称的评定结果出来了，你老公通过了，可惜你没有过。”这真是一个好消息和一个坏消息。“这次没过，下次我再努力。”我还是要给自己打打气。

“今年我又没有过……”有些沮丧的我，有气无力地说。“革命尚未成功，同志仍需努力！”大杨冲我笑着，“你要去落实一下没通过评审的主要因素，是论文不够深度、业绩不够突出，还是其他方面的原因。要有针对性地补短板，才能一击即中。”这话倒是提醒得对，自己只埋头干活，没对症啊。“我会追上你的！”我顿时满血复活。

“我申请了6月份的毕业答辩，下周就要去武科大。”经过几个月的阵痛，毕业论文终于大功告成，我如释重负地说到。“你先去吧，今年有个重要技术攻关项目，我计划明年参加毕业答辩，这回轮到我来追你了。”大杨灿烂地笑着。

2016年是美好的。“我毕业答辩通过了，我追上你了！”大杨在武科大得到导师的消息，第一时间向我宣布战绩。“通过三年的努力，我的高级职称也通过了评审，我也追上你了！”我的喜悦，仿佛可以感染整个世界。

“告诉你个好消息，我的成果获得了广东省管理创新成果三等奖。”从投资管理转型到企业管理，第一次撰写的成果获奖后的成就感，我第一时间与大杨分享。“我也有个好消息要告诉你，我的成果获得了广东省冶金科技成果三等奖。”说罢，大杨与我会心一笑。

初心的力量

“丁零……”一阵电话铃声将我的思绪拉了回来。“从今天开始连续两个月，我都不回家吃晚饭了，高炉同步大修已经正式开始，这是我们建厂十五年以来最重要的一次大修。”大杨到了设备工程部部长的岗位，依旧还是那颗刚进新钢铁的初心。

“还有啊，我们部领导和运检室主管会轮流值夜班，所以每六天我会在厂里值个夜班。”儿子已经上大学，我妈和公婆结伴回湖南了，大杨担心我会孤单。“放心吧，十多年都过来了，倒是你已经不是曾经那个少年，要注意身体。”

“你们这配置挺不错啊，方便面、牛奶、咖啡一应俱全。”到炼铁厂调研时，我看到厂领导们的办公室都准备了干粮。“高炉大修，我们必须轮流在厂里守着，不能出半点错漏，争取还能提前几天烘炉。”我从对方的眼里，似乎看到了当初高线要投产时大杨眼里闪出的那种光，原来，“钢一代”们都保持着那颗初心。

（文字编辑：刘纲要）

从留守到留用

张公卓

每当我出差乘坐高铁或地铁，想到高铁和地铁选用了我们研发的轨道交通线缆，每当我一次次观看长征运载火箭发射转播时，想到航空航天飞行器上装载着我们研发的多个型号特种线缆，我的心就会为之陶醉，那一种自豪感和幸福感油然而生！

我的故事，要从 2000 年说起……

留守

2000 年 8 月，TL 电缆厂宣布破产。真没有想到，昔日红火的企业，一夜之间，说垮就垮了。

看惯了白昼车来人往，夜晚灯火通明的场面，眼前竟如死水一般，厂房闲置，库房紧闭，机器封存，一个 6000 多人的大企业，最后只剩下两三百人在艰难支撑。我的心在流血！

“老张，走呀！还留在这里干啥？”老李劝我。

“跟我走，去沿海打拼，凭你的实力，张处长，吃香的，喝辣的。”刘工对我说。

“张总，我有个亲戚开了家线缆厂，一直想请一位专家去帮忙，年薪 20 万，还有业绩提成，我看你去合适，反正，我是要走的。”老胡热情邀请我。

“谢谢你们的美意，不过，我暂时还不想走。”我婉然拒绝了他们。

我接到省技术质量监督局一位科长打来的电话，通知我去长沙开会。我告诉他：“我们企业破产了，就不去了。”他说：“企业破产，但会还是要开的，因为你们还有资质，你们的那个省电线电缆质量监督检验授权站牌子还在呀！你是站长，你不来，谁来？”

我冷静下来思考，现在，线缆全行业在重新洗牌，TL 电缆的市场虽然丢了一部分，但品牌、技术基础还在，只要注入资金，还有可能起死回生，再加之，我非常热爱这份事业。于是，我不再犹豫，下定决心当一个留守者。

留守的日子真难过！月收入仅 200 多元，连最基本的生活都难以维持，还要从家里带钱来上班。但我管不了那么多，只希望这样的日子快点过去，企业能早点走出困境。

重生

这一天，终于来了。

2003年1月，经省政府批准，多家单位共同签署《发起人协议书》，创设 XL 公司。2004 年 5 月，XL 公司收购 TL 电缆厂。作为留守者，我被 XL 公司选中并委以重任，分管技术质量工作。我可以撸起袖子、甩开膀子，大干一场了！

但是，丢失的客户与市场，已经被别人占领，要重新夺回来不是一件容易的事。市场在哪里？生产怎么组织？按照订单组织生产的要求，怎么从一条生产线开始逐渐恢复生产？这一段艰难的日子，才是浴火重生……

技术研讨

一个科员抱怨说："张部长，你看一看，我们企业的样品线流程管理有多乱！这个部门要管，那个部门要管，九龙治水，各自为政，非出问题不可。"

我深知，这种乱象由来已久。长期以来，受销售部业务人员投标及顾客试用要求的影响，企业样品线流程管理极不规范，从样品线的申报、生产、入库到出厂等诸多环节，一直存在着多头管理。怎么办？改！

得到公司领导的支持，我们组织相关部门开分析会，对样品线管理流程进行梳理，明确了各环节的管理要求、各职能部门的权限职责。参考同行经验，起草《样品线管理》文件，杜绝样品线管理的乱象。

我到一家煤矿调查一起质量事故，听煤矿负责人说："你们的产品真不行，使用时间稍微长一点，就会出现控制线芯断裂现象。"我问道："能用多久？"他说："最长 2 ~ 3 个月，最短才 1 个月。"

我说："我们改，行吗？"这位负责人说："可以，但达不到要求，我们就再也不买你们的产品了！"

回来后，我们改进工艺，在导体中增加抗拉伸及弯曲性能的芳纶丝，让三根控制绝缘线芯外绕包 PP 带，增强控制线芯的滑动性，调整控制线芯导体绞线节距。这一系列改进，让采煤机橡套软电缆 MCP 系列产品的使用寿命延长到 6 个月以上。

归零

2008 年，全球性金融危机爆发，受其影响，电线电缆行业乱象丛生，无序竞争、恶性竞争十分激烈，行业大洗牌到来。XL 公司决定调整战略，把发展目光转向特种线缆。

这意味着，我们的工作重心要转移到全新领域。我对团队成员讲："要有'归零'心态。这个'归零'，是指心态归零、学习归零。因为学无止境，做技术更是如此。"

开发的抗电磁脉冲电缆，不知为什么，电缆在频繁移动时总会出现断芯现象，很让人头痛。分析会上，大家你一言我一语，有的说是电缆芯有质量问题，有的说是外层屏蔽有问题，还有人说电缆芯和外层屏蔽都有问题。说实在的，我心里也没有底，只好说："那就都试一试，看看问题究竟出在哪里。"

我们多次测试电缆芯，发现质量过硬。那就只剩下外层屏蔽的疑点了。一个年轻的团队成员说："用合金带材料做外层屏蔽，也可以起到保护电缆芯的作用。"我们采用他的建议，彻底解决了断芯问题。

2015 年，我们接到一个风洞基地的任务，开发可移动的超低温电缆。当时，国内还没有这种产品，国外虽然有，但用上之后基本

做实验

不能移动，一移动就会断裂。接到任务后，我们 XL 公司专门构建了试验平台。可连续试了几次，在平台还行，一拿到风洞基地去试，又不行了。基地的技术人员到我们这里来，我们到基地去，来来回回有 10 多次。后来多次改进材料方案，电缆不断裂，绝缘及外护套表面没有目力可见的裂纹。我们研发成功了。

虚惊一场

记得有一年，我们开发的重要装备线缆出了问题，急得我不得了，因为这关系到企业的声誉与市场。公司领导向客户表态说："我们有问题决不回避，查到哪里，我们就改到哪里，诚恳请求再给我们一次机会！"

经过数日努力，终于发现是我们的工艺出了问题。通过对工艺参数和控制要求的修订固化，部分材料技术指标的精准控制，将带状材料变成线状材料，设计并自制了有针对性的检测手段和试验方法，加上生产作业人员绩效模式的改变，不仅彻底解决该项产品的问题，更促使我们对特种线缆产品的结构设计和生产工艺有了更深的认知和理解。

2017 年 3 月 13 日，我在成都出差，看到一则新闻报道：西安地铁三号线电缆存在严重的安全事故隐患，整条线路所用电缆偷工减料，多项技术指标不符合国家标准，也达不到客户要求，一旦被使用，必将为今后地铁的运行带来重大隐患和风险。涉事方电缆公司送检的产品，均不合格。

当时，我惊出了一身冷汗，因为我们 XL 公司也为西安地铁三号线交付了一批产品。我马上派人向西安核实情况，我们的产品没问题。相反，他们还肯定了我们的产品，说正是因为我们坚持“诚信国企，只做国标”的理念，产品全部合格。这起事件，为 XL 公司产品在西安地铁市场赢得了声誉。

航天梦

2016 年初，公司领导找我说，这次有一个任务，可能很难完成。原来，某发射场要我们为发射平台和技术厂房提供一批特种电缆，并且提出了苛刻要求，这确实是一个严峻挑战！

贯彻更软、更轻、更小的设计理念，从选用新型材料入手，然后改良工艺，升级生产装备，最后，严格控制生产过程。团队成员不分昼夜，当点火电缆样品出来之后，我们又忙于做检验，专门设计并制作了高温试验台，在火源温度、气流大小、供火距离、测温方式等方面反复试验和验证，每次温度计显示到标定值时，测温元器件就出问题，数日心血又泡汤了。

大家从沮丧中走出来，多次奔赴生产测温装置厂家，和技术人员当面沟通，反复设计，改进生产流程，不断提升产品性能。没想到的是，因测温元器件不过关，这些努力还是以失败告终。

发射基地现场技术服务

是屡败屡战，还是偃旗息鼓？正在我陷入苦恼之际，有人送来一个好消息，说有一个厂家生产出一种改良版测温热电偶。我们立马与之联系，把这种电偶用上之后，点火电缆样品在标定高温状态下毫发无损！

2017 年初，为了确保交付给文昌发射场的特控电缆不影响发射窗口，大年初六，春节假期还没过完，我们四名工程技术人员奔赴发射场，历时 20 余天指导安装施工，又目睹我们的产品实现“航天梦”！

再留用

2018 年 7 月 9 日，我从总工程师岗位退下来，本以为将要退休安享晚年，公司领导来到我的办公室说：“张总，你还不能走，我们需要你呀！”

“既然这么看得起我，我就再接着干！”

其实，我留下来还有一个原因，就是我和我的团队承接的那些重大项目工程，我还放心不下。

2019年国庆阅兵前夕，我们提供给某企业的高温导线出了问题，上面派人来查验。作为项目分管负责人，我心里很紧张，担心真有问题。专家组一系列严格查验，没有发现导致类似质量问题的原因。在生产现场抽取了一小份与出现问题的高温导线相同的绝缘材料，并对这些材料进行了一致性测试分析，结果也没有发现问题，虚惊一场。听到这一结果，我心里压着的那块石头终于落地了。

2019年年底，在一次与客户交流座谈会上，有一个客户问我，你们能不能把光纤加入电缆中去？要使线缆产品适应环境信号传输，必须开发这样的产品。晚上我睡不着，想着研发光纤与电缆合一项目的重要性与前景。第二天上班，召集技术团队成员开会。有人说："张总，在电缆中加入光纤，这也太难了。"我说："大家不要畏难，我们企业就是在艰难中走过来的，我们以前开发的品种哪个不难？沧海横流，方显英雄本色嘛！"

（整理：冯建华 文字编辑：刘纲要）

乡里妹子进城来

刘利军

“乡里妹子进城来，打着赤脚没穿鞋，何不嫁到我城里头，上穿旗袍下穿鞋；城里伢子莫笑我，我打赤脚好处多，上山挑得百斤担，下水摸得水田螺……”

一首《乡里妹子进城来》的民歌，曾经风靡大江南北。我们渣钢回收加工厂水洗球磨班的姐妹们也喜欢哼唱这首歌，因为，我们是地道的乡里妹子进了城。

“你们”湘钢

曾经，我们是守在自家小院种菜、做饭、喂鸡、养猪的农民，大多只有小学、初中文化，有的连自己的名字都不会写。

1992 年至 1994 年，湘钢因技术改造工程的需要开始陆续征地，我和 27 个姐妹就是在那个时候作为征地大集体工，分批进入渣钢回收加工厂的。

刚开始，听说能够进入湘钢这样的大国企，可以像湘钢职工一样穿着工装上班拿工资，再也不需要天不亮就担着小菜去卖了，我们兴奋得好几天睡不着觉。然而，真正进厂却傻眼了。面对从未接触过的工艺流程、生产设备，心里打起了鼓，自己能行吗？

水洗球磨班女工风采

厂里考虑到实际情况，决定让我们从事钢渣回收工作。当年没有磁选工艺，全靠人工筛选，选出含铁量较高的钢渣回炉。

一台板车、一根撬棍，就是我们的生产工具；头顶蓝天、脚踏渣山，就是我们的工作状态。大工业生产，各种规章制度，对于长年在郊区种菜而散漫惯了的我们来说，条条都好比“紧箍咒”，管得难受，根本不适应。

这样的工作环境和状态让我们的心凉了下来，甚至觉得无非就是由过去的面朝黄土变为面朝钢渣，而且更脏更累。这样的城里人，还不如回家当农民。

一个同伴因为没戴安全帽被考核扣了 5 元钱，冲着领导就开火了：“有本事，你们湘钢把征去的土地还给我，老娘回家种地，比这自在多了！”现在回想起来那一句“你们湘钢”，真扎心啊！因为当时我们根本就没有把自己当成湘钢人。

“先得改变自己”

我们这样的工作环境、工作心态，厂里看在眼里，急在心上，也一直在思考怎么去改变。

1999 年，湘钢的生产经营还处在困境之中，当时曾经在职工中发放内部债券开展“自救”，就是在那样的情况下，仍然挤出资金新上了小磁选熔剂线项目。新的生产线自动化程度增高，我们的劳动强度降低，工作环境得到改善，感受到了企业实实在在的关心，心开始慢慢转暖。但是，内心深处还是有些失落，因为我们的身份还是“征地大集体工”。

为了打破身份界限，让我们真正融合进来，渣钢厂出台一条“铁律”：无论是公司还是渣钢厂的各项活动，都必须安排征地大集体人员参加，只有必须没有例外。从此，公司和厂里组织的各项活动，有了我们活跃的身影。

2001 年，渣钢厂选定水洗球磨班作为唯一的班组，申报参加湖南省总工会在女职工中开展的“芙蓉杯”竞赛活动。我们觉得这不是天方夜谭吗？一群没啥文化的“乡下女人”，能行吗？

张主任胸有成竹。虽然她比我们球磨班很多女职工年龄小，但充满激情，敢想敢干。她来到我们班组与大家交朋友，成为无话不说的好姐妹。她对每个班员的基本情况、特点、爱好了如指掌，鼓励我们拿学历，向党组织靠拢，参加演讲演出活动，想尽一切办法帮助我们融入集体、提升素质。

水洗球磨班第一任班长龙班长也不断给姐妹们鼓劲，我永远记得她那句话：“乡下人怎么啦？征地工怎么啦？要想改变形象让人家看得起，咱们先得改变自己。”

为“我们”湘钢争面子

渐渐地，班组姐妹深切地感受到企业对我们的重视，找到了被尊重的感觉，好胜心被激发了起来，觉得别人能够做到的，自己也一定行。

我们慢慢开启了破茧成蝶的历程，从各方面不断提升自己。白天，向技术人员请教，早过了下班时间，还不放人家走；晚上，聚在家里互帮互学，常常要到深夜，当丈夫的都笑我们想当知识分子。每逢设备检修，姐妹们总是主动帮忙打下手，学习设备内部构造和运行维护原理。

一次，厂里安排我们到南京参加技术操作培训。一般来说，这种生产线操作既要有技术还要有体力，行业内都是安排男职工。培训方的老师见湘钢来了一帮农村妇女，还没啥文化，就有点看不起。我们憋着一口气，互相鼓励：“有什么了不起，非要学好不可，给我们湘钢争面子！”一句“我们湘钢”，不知不觉中，我们已经将个人与企业紧密联系在一起了。结果，等培训期满，这位老师主动请湘钢的女学员们吃饭，还说，你们今后一定会干出一番成绩。姐妹们的心呀，都乐开了花。

功夫不负有心人。我们水洗球磨班的女职工，少的拥有 2 个工种的技能操作证，多的有 4 到 5 个。多人获取了大专文凭，10 多人当上了技术能手、操作能手。每个人都能熟练操作球磨生产线上的所有设备，是工作区域内的全能型工人。2004 年底，新建成的自动化水洗球磨生产线竣工投产，姐妹们从风吹雨淋日晒的钢渣山走进明亮洁净的主控室，坐在计算机前熟练地操控生产设备，真正从“体力型”劳动者转变为“智能型”员工。

2011 年，水洗球磨班获得“全国五一巾帼奖”殊荣。这是女子班组全国先进荣誉的最高奖项，两年评比一次，每次在全国只评十个班组。

给丈夫写封“劝退信”

2015 年，钢铁行业处于普遍亏损的困境，湘钢推出深挖内潜、深化改革的“钢十条”自救，大幅精简机构和人员，老班长办理了离岗退养手续。这一年，水洗球磨班班长的担子落在我的肩上。我们班组最多时将近 30 人，这时已精简到只有 10 人。生产任务不但没减，反而还要担负起一些过去由外协劳务负责的业务，工作更加紧张而辛苦。

我和丈夫结婚比较晚，儿子还小，每天上学和放学都需要有人接送。怎么办？我左思右想，最后想出一个办法，那就是动员丈夫响应公司号召内退，回家当“家庭主夫”。可怎么跟丈夫开口？人家工作干得好好的，凭啥要他回家？不好开口就写信，我灵机一动，想出给他写一封“劝退信”的主意。

“亲爱的：前些天，我刚刚接手水洗球磨班的第四任班长。能够担任这样一个著名先进集体的领头雁，犹如接过一支代代相传的神圣火炬。每当想起肩负的使命与责任，夜里就睡不安稳……”信写好后，我用信封装好，悄悄地放在他上班穿的工作服口袋里。没想到丈夫下班后回到家，看样子没生我的气，还笑着对我说：“老婆，我俩天天同吃一锅饭，同睡一张床，有什么话不能当面说，非得写信？”其实，丈夫当时刚够公司放宽的内退年龄线，原本还想在岗位上多干几年，怎奈我又是写信，又是频吹“枕头风”，只好答应回家，为我解除后顾之忧。很多人对我的做法不解，问我为什么一定要动员丈夫提前内退呢？我说，应该是榜样的力量吧。历任老班长为了工作而忘我奉献的榜样摆在那里，眼下企业形势严峻，接任这个先进集体的带头人，我必须把更多的精力放在厂里，家里事情真的顾不上，只能让丈夫受些委屈了。

丈夫的支持，给了我巨大动力。在人员减少三分之二的情况下，我带领班组姐妹们创造的产量、产值和效益，与减员之前大体相当。领导由衷地评价：“这么多年来，不管工作任务多么艰巨，水洗球磨班总是最放得心的。”

我被评为湘钢劳动模范，还获得了湖南省“百优班组长”称号。丈夫对我说，看到这一张张奖状，比自己获奖还开心，只是每天看见我疲倦的身影，他很心疼。原来，男人的心也是很柔软、很温暖的……

时光流逝，水洗球磨班的姐妹们在湘钢成长成才。乡里妹子进城来，创造不一样的人生风景。

（整理：钟卫萍　文字编辑：周雪鸥）

派驻监制的日子

文宪

派驻遥远的东北监制设备，那些日子我总是无法忘记。那儿天空的色彩，往往对应着我的心情：有时高远蔚蓝，白云舒展；有时白茫茫一片，寒意刺骨；有时落日熔金，彩霞漫天；有时夜空深邃，繁星璀璨。

“占坑”第一人

2007 年 5 月那天，我作为湘钢采购部的派驻人员，拖着行李箱走下火车，来到千里之外的东北，看到了那里明亮的天空，像被清水洗过，一尘不染。我知道，即将面对的工作，对于我来说，是一场考验，我的心里，隐隐期待。走出火车站，我的同事小唐就和我紧紧拥抱在一起。

小唐于 2006 年底先期到达这家设备制造基地，跟踪轧机的前期设计和毛坯监造。他比半年前清瘦不少，眼睛里却有一种不一样的光芒。一路上，小唐迫不及待地向我讲起他这半年的工作和生活：“我刚来这儿的时候正值严冬，太冷了，零下 30 摄氏度，寒风吹在脸上像刀片割，没几天，我的脸就皲裂了。因为不适应北方干燥的空气和极寒的气温，鼻子常常鲜血直流，有时血滴在白雪上，触目惊心。天气越冷，我就越想念 5 岁的女儿，每天早晨，我都会想起她被妈妈从温暖的被窝里抱出来，穿好衣服吃早餐，准备去幼儿园的样子，温软又可爱。”

“每天上班的路上，我穿着厚厚的军大衣，将头和脸包裹得严严实实，像企鹅一样，蹒跚着踩踏松散的雪粉，一步一滑，步行 5 公里，才能到达铸造轧机牌坊的工地。

“轧机牌坊是轧机设备最大的部件，毛坯就约 500 吨重，必须整体铸造，需要的铸造坑很大。可某重型机器厂的生产任务非常紧张，等着铸造的设备很多，铸造坑有限，根本排不过来。于是，白

轧机牌坊铸造坑修模

天我守在铸造坑边，了解其他单位设备的冶炼铸造进度，掌握冶炼砂坑空隙的时间，及时反馈给湘钢本部和某重型机器厂项目负责人，要求尽快安排我们湘钢轧机牌坊的浇铸，为后续的节点赢得时间。晚上就看图纸，学习了解轧机牌坊的生产与装配工艺，做到每个步骤都心里有数。

“守在铸造坑边那段时间，我与班组的工人们开始相识，直到以兄弟相称，中午时常与他们一起吃饭。离开家乡时，母亲在我的行李里放了好几瓶剁辣椒和辣椒酱，我把辣椒分享给班组的兄弟们，外面冰天雪地，寒风呼啸，兄弟们辣得满头大汗，大呼痛快。他们吃下的是我家乡的热情，感受到的是我对这份工作的热心，他们愿意为湘钢的设备优先‘占坑’、提前铸造，从而节约时间，更快更好地完成进度，我心里暖洋洋的。”

2007 年 2 月份，某重型机器厂为湘钢连续浇铸了两块轧机牌坊，生产负责人笑着对小唐说：“小伙子，可以啊！一个月内同时浇注两块轧机牌坊的，只有你们湘钢了。”

第二块轧机牌坊浇铸成功的庆功宴上，重型机器厂的祖总说，有那么多单位派来的设备监制人员，小唐是“占坑第一人”。

小唐记得很清楚，参加完庆功宴回宿舍，天空是深蓝色的，繁星闪烁，好似他轻松愉悦的心情。

“赌”了一个饭局

秋天，那里的天空是黄色的，常常黄沙弥漫，那真是昏天暗地尽灰黄，走石飞沙眼莫张。细小的沙粒打在脸上，像针扎。路上行人很少，出门要戴口罩，回来时，头发里和身上都是黄沙。昏黄的天色，就像我那段时间的心情。

轧机牌坊加工

沙尘暴的天气，对于我们这些南方人来说，很不适应。但必须每天出门，穿梭于某重型机器厂的技术部门、生产部门以及生产现场等，协调监督生产进度和生产质量。

一套宽厚板轧机设备，需要的部件很多，又复杂，不同设备部件的制造顺序、生产车间和班组都不相同，技术部门、生产部门必须紧密协调。某重型机器厂主管湘钢项目的调度是赵工，每天早上，我必定到他的办公室，反映前一天生产中出现的问题，守着他打电话沟通落实，或者亲自到现场解决，然后，我旋风般地离开。有时，去技术部门核实图纸上的技术问题；有时，去生产班组盯着设备的加工质量。一旦出现问题，又急急忙忙来找赵工解决。

赵工的工作很繁忙，我却不断来找他，次数太多了，有一天他调侃我说：“只看见你，每天嗡嗡嗡地围着我，像风沙里的沙子，无孔不入。如果每家单位的监制人员都像你，我会烦死。赶紧地，滚犊子！”

那天，我要求将轧机机架辊齿接手在设备上试装一下，赵工不太理解说：“这是数控机床车出来的，很标准，不需要试装，质量不会出现问题的。再说，我们的生产很紧张，人员也配备不过来啊！”

我说：“机架辊齿接手必须装配在轧机牌坊内，外面根本看不到。如果设备回到湘钢，装不进去再返工就很麻烦，耽误项目投产时间。”

赵工还是不同意试装，我死皮赖脸地请求：“试装一下吧，我放心，你们也放心。要不这样，我们对这个事情赌个饭局，如果装得进去，为感谢你我请你吃饭；如果装不进去，你请我吃饭。”

我守在他的办公室，不肯离开：“其实，我是愿意请你吃饭的，怕你不给面子，因为我知道你能装进去。”赵工笑了，最终同意预装，结果却真的装不进去。赵工觉得很意外，但是“愿赌服输”，然而我没真让他请。从此，赵工对我严谨负责的工作态度很认同，很重视我的一些意见。我甚至成为他工作上的助手，使他能够随时掌握一些准确信息，后续设备生产中出现的问题，更能得到及时解决。

我守着班组工人组装轧机压下减速机，发现箱体内残留了很多铁屑，设备上的许多毛刺也没打磨干净，我立刻站出来，制止他们装配。工人们不乐意，没好气地说：“你急啥，外行啊，看不出还没到清理的时候吗！”

我担心他们“忽悠”，说：“设备是我公司的，我当然急呀。”工人们把我围上，七嘴八舌地说我打扰了他们的工作。有个工人报告了装配厂厂长，厂长了解情况后对我说：“你急迫的心情我理解，北方的爷们性格虽然粗放，但他们不可能不清理铁屑，我们的质检也会发现这个问题。大家是觉得你不信任他们，有点小情绪。”

我这才反省，自己太急切了，没有注意方法。下班后，为了表示歉意，我请工人们喝酒，获得他们的理解。那天晚上，风沙停了，天空静谧。走在回宿舍的路上，我的心情也特别宁静。

后来，工人们对我越来越认可，出现问题商量着解决，彼此成了好朋友。

移动的绿“冰箱”

秋去冬来，大地被白雪覆盖，天空中布满铅灰色的云层，寒风如巨兽怒吼，像我们越来越繁重的工作任务，也像我越来越急迫的心情。

轧机的大型部件陆续加工成型，进入装配阶段，我们的工作增加了一项新内容：协助某重型机器厂赵工清点总装零部件并跟踪零部件的生产制造情况。

可是，并不是所有部件都在某重型机器厂的生产基地生产，有一部分部件是外购的，生产厂家比较分散，主要分布在东北三个省及周边市区。为了抢装配进度，每个环节都不能拖后腿，我们分头奔赴各个外购生产厂家，催促外购部件的加工，监督加工质量。坐汽车、乘火车，外出成了家常便饭。

在同伴们的同心协力之下，设备的前期装配比较顺利。忽然有一天，我们的设备装配被停了。我匆匆找到生产调度问明情况，原来是轧机的核心部件“压下螺母”没有到位。

“压下螺母在哪里加工？”

“漠河的一个机械厂。”

“漠河在哪里？”

“中国的北极，那里太冷了！”

我是第一次听到漠河这个地方，但不管北极有多冷，我都要去那里，把“压下螺母”找回来。当天下午，我和同事小解跑到火车站，买了去漠河的车票。

晚上6点多，我们去火车站。天色灰蒙蒙的，像罩上了一层薄冰，

轧机牌坊预装

透着寒气。我穿上最厚的衣服，羽绒服、军大衣、皮帽子、围巾、手套、毛皮靴……将自己裹成北极熊的样子，心想，穿成这样，总不会冷了吧。

上了火车，车厢里空荡荡的，整列火车好像只有我们两个人，我们可乐坏了。后来我们才知道，在那种严寒的天气里，人们一般不愿出门，何况是去漠河！

刚上车时，看得见车窗外的皑皑雪原，真是“山舞银蛇，原驰蜡象”。夜越来越深，绿皮车里没有空调，窗户上结了厚厚的冰，我们被寒气包裹，身上的衣服像纸一样薄，全身冰凉，瑟瑟发抖，无法入睡。

“小解，你冷吗？”

“冷，怎么不冷！车厢温度应该在零下 15 摄氏度以下，我们就像待在冰箱里。”

“跑一会吧，应该暖和点。”

于是，我们俩从这个车厢跑到那个车厢，冷了就跑，累了就休息。我对小解感叹：“在这个移动的冰箱里，我深深体会到当年志愿军战士在朝鲜战场上的艰苦了。”

熬了一晚上，终于来到中国的北极漠河，顾不上欣赏壮丽的雪景，我们马不停蹄赶到工厂，查问“压下螺母”的生产进度。生产厂家的领导看到我们冒着严寒，冻得脸通红，连眉毛上都结着冰凌，很感动，耐心地向我们解释，由于工厂环境治理技术改造，影响了生产，部分毛坯无法产出。他热情地说：“你们是从某重型机器厂第一个到我们这里来的监制人员，湖南人真了不起！凭着你们这种诚意和干劲，我安排你们的压下螺母第一个生产，借用其他厂的半成品，今天晚上就上机床加工，两天内保证发货。”

我发现，漠河冬天的阳光很温暖。

“梁妈妈”的鱼嫩子

随着监制任务越来越紧，公司派来驻地的人员多了起来。为了节省出差费用，我们在当地租的是民房。

冬日里，偶尔在路口看见几个大婶推着三轮车，卖些熟瓜子和花生之类，人们穿着军大衣，戴着东北帽，手和脸上都吹得红红的。街道两边的绿色植物不多，有着北方的空旷和荒凉。

上班时，没有其他的交通工具，每天都是步行。刮风时，冒着黄沙前行。下雪时，常常陷在厚厚的积雪里。

工作压力重，体力消耗大，加上水土不服，不少同事生病了，有的手脚肿了，有的总是流鼻血，有的拉肚子。当地食材比较匮乏，有些食物大家吃不习惯，都很想家，想家乡的亲人，想家乡吃食的味道。

老梁是团队里的设备点检员，年龄最大的老大哥。他虽是湖南人，长得却像东北大汉，性格也非常豪爽，把我们当成家人。老梁会做一手好菜，我们敬称他为“东北最好的湘菜大师”。

有一天，老梁兴冲冲地告诉我：“江边上有卖鱼的，只要 2 元钱一斤，我可以把小鱼做成湘味的鱼嫩子，保证大家喜欢。”想到可以改善伙食，我就愉快。

江面上结的冰至少有半米厚，阳光照在上面晶莹剔透，像铺满了钻石。我们看见一群人用工具在冰面上打出很多深孔，围成一个大圆圈，渔网从一个孔下去，再拿钩子从相邻的孔钩出，以此类推，最终在第一个孔收网。网上来的，基本是些小鱼。

物美价廉的东西绝对不能错过，我们一下就买了 10 斤。

“哈哈，今天晚上的饭菜有着落了，我保证让大家吃开心！”老梁笑得合不拢嘴。

老梁将小鱼的内脏去掉，放点盐腌制 10 分钟左右，开小火，用北方大豆油，将鱼炸成金黄，沥干油晾凉，脆脆的、香香的，很好吃，还不到吃饭的时候，大家就抢着吃光了，边吃边问：“在哪里搞的？还有没有？”有一个同事吃着吃着，突然哽咽了，老梁问他怎么了，他呜咽着说：“太好吃了，就像我妈炸的鱼嫩子！”

那段时间，老梁经常顶着严寒，到江边给大家买鱼，改善生活。老梁研究并发明了很多的菜式，什么油炸、红烧、清蒸……吃老梁做的鱼，让人想起了妈妈，解了身在异乡的思乡之情。大家憋着一股劲，要督促厂家尽快完成设备制造，尽快让轧机装配完成，尽快让宽厚板生产线达产达效。

多年以后，我们这些在某重型机器厂派驻监制的兄弟聚餐，回忆那一段难忘的时光，总有人会说：“老梁，你做的鱼嫩子太好吃了。”

雪上加“冰”

2008 年年初，湘钢轧机已经提前制造装配完成，需要及时运回安装。可是，一场百年难遇的冰灾，阻挡了设备运输的进程。

这场全国性的冰灾太严重了，不少高速公路、国道、省道封闭，交通中断，大批车辆滞留在路上，众多区域停电。而此时，正值公司中厚板项目的关键节点，轧机机架牌坊能否顺利按期安装是关键。轧机机架单片重量 291 吨，一共有 2 片，如此超重超大的部件，从中国的北方运输到南方，放在平常都是一场挑战，何况冰灾期间呢！

南下的铁路京广线受阻，委托的运输公司申请延缓发货，我心急如焚。当时，正是春节期间，我打电话回家，歉疚地告诉父母，没办法回去过年。然后，就忙着协调运输事宜。

我给委托的运输公司打电话，磨破了嘴皮子，运输公司无奈地说，没有办法。我冒着严寒，跑市里的各大运输公司，寻找一切机会。我给湘钢公司打电话，汇报某重型机器厂这边的情况，请求支援。那几天，我吃不香、睡不着，急得嘴起泡，头上冒烟。公司多次与铁路部门沟通协调，我们又与运输公司讨论相关方案，最后确定用火车专列运输。

把设备运回家，是一场硬仗。我们两年多来的工作到了尾声，这是最后的冲锋了，绝不能被困难压倒。在这个极为关键的时刻，监制小组的成员，脑子里没有过年的概念，夜以继日，连续奋战，从出厂到装车，紧跟设备，盯着运输公司将设备全部装上火车。

2008年1月23日清晨，一声汽笛，火车专列载着582吨的机架，在冰雪封冻的天气中向南方驶去，奔向湘钢。我们监制小组的人员，流下激动的泪水。

那一刻，我遥望南方。晨曦里，天空是淡青色的，朝阳将朵朵白云染红，像家乡的映山红花朵，也像我的心情，心花怒放。

（文字编辑：刘纲要）

最正确的决定

廖文成

无线电手持机里传来调度略显沙哑的呼叫，我立即回答："收到，请讲。"

"干煤棚 1 道挂 7 车，轧钢 14 道挂 5 车，过磅进站里 7 道撂下，单机进煤台 1 道待命。"

"干煤棚 1 道挂 7 车，轧钢 14 道挂 5 车，过磅进站里 7 道撂下，单机进煤台 1 道待命。"我接受了调度计划并按规定复述。

"对的。这是最后一钩计划，搞完就可以回家洗洗睡了。"一向严肃的调度，今天竟在无线电里开了个小玩笑。

我笑着没有回应，而是认认真真地干完最后一钩计划。越到下班的时候越不能着急，更不能放松，麻痹大意就容易出事故。

疼痛的青春

年轻的时候我性格有点叛逆，喜欢幻想又无所适从，不满现状却又安于现状。17 岁那年我进入社会，只身来到长沙打拼，先后在几家私企上班，都不尽如人意，索性我就"炒"了老板的鱿鱼。

这天，我信心满满地来到人才市场。看到一个企业的窗口面前人头攒动，来面试的人络绎不绝，我心想：这一定是个好企业。排

运输部工厂站西咽喉

了好久的队终于轮到我了，面试官的第一句话就让我心里一凉：

“请把你的简历和技能证书拿出来。”

技能证书，对于我一个初中辍学的人来说怎么考得起，那么厚的复习资料，看着就想睡觉，哪里还记得那么多。

“对不起，进我们企业最低要求都要有中级技能证，希望你考过之后再来面试吧。”面试官说的倒是客气，可这对我来说，是一个多么沉痛的打击。

一连走了几个面试窗口，不是要有本科学历就是需要中级技能证书，客气点的好言相拒，不客气的一个白眼甩过来。身上的钱早已用完，无奈之下，我落魄地回到湘潭。

心里的答案

我在家沉寂了几年，种过地、打过工，浑浑噩噩地过日子，心里有一种说不清的酸楚。2007 年元旦，我与一位发小相聚，得知他在湘钢工作，待遇和发展都很好。他所说的，不就是我羡慕的吗？在他的引荐下，我怀着忐忑的心情来到湘潭市人力资源公司，递交了自己的简历。

“小伙子看样子没吃过什么苦吧，风吹日晒雨淋受得了不？连接员的工作是很辛苦的，你要做好心理准备。”面试官微笑地对我说。

听到风吹日晒，我的心里有一点迟疑，但我觉得湘钢是个好企业，还是毅然决然地回复道：“我不怕吃苦，还是想试一下。”如今看来，这是我做的最正确的决定。

经过笔试、面试、体检层层筛选，我以协力工的身份进入湘钢工作。哪承想，进厂的第一件事就是军训，还需要经过三级安全培训，合格后才能正式上岗。“大企业不愧是大企业，我在长沙的私企上班时就没有享受过这种‘待遇’，看来我的选择还是正确的。”我的心里不禁暗喜。

班里分配带我的师父姓黄，是一名调车员技师。

“能听话，肯吃苦，就踏踏实实跟我学，做不到你就别来害人误己！”这是师父见到我之后的第一句话。

“这个师父好凶啊，以后怕是有得受了。”我心里偷偷嘀咕着。

随着之后的相处，我才发现师父的用心良苦。调车员是一个辛苦岗位，只有按规章制度作业，才能最大程度降低风险。学徒期正值寒冬腊月，遇上寒流天气，冰冷的雨雪打在脸上，刀割般地疼痛。厚重的棉袄外套着雨衣，像一只笨熊，踩在湿滑的道砟路面，稍有不慎就会摔跤。想过辛苦，但没想到会是这么痛苦，我的心里萌生了退意。

“师父，我手疼，不想搞了。”我闷闷地说。

“知道辛苦了吧，做什么都不容易！如果你想放弃，就什么都做不成！”师父叹了口气，平和地对我说：“先去司机室暖暖手，自己好好考虑一下吧。经过了严寒还有酷暑，调车员这个岗位是很辛苦的。”

坐在司机室里，我又一次感觉到迷茫：“不干这个，我还能去干什么？别人能做到，我年纪轻轻的为什么就不行？”

我咬了咬牙，从机器间拿出一副烘干了的手套戴在手上走下机车，默默地跟在师父身后。

新的称号

2011 年，对我来说意义重大。因为在 9 月，我实现了自己多年来转正的梦想，成为湘钢的一名正式员工。

转为正式员工，是企业对我过去几年努力的肯定，意味着我已经能够独当一面，成为一名有责任、有担当的调车员，从此有了向区调、站调等调度岗位晋升的资格。转正不是终点，而是自我成长、努力奋斗的新起点。

我一直遵循自己内心的想法，一年十二个月，我至少有十个月业绩都是名列前茅，同事们也总是调侃我："你这是要准备评劳模哦。"在 2015 年公司第七届职业技能大赛上，我以调车员身份夺冠，并在之后的几届技能比武中都榜上有名，同事们给我取了个新的称号“廖技师”。

站上领奖台

偶然间，看到湘钢报上刊登着劳模们的照片，胸前戴着大红花，手捧奖牌。“要是我也能当上劳模，那有多露脸啊！”很多人觉得梦想过于虚幻，但我不这么认为，心里种下梦想的种子后，有股无形的力量在推动我前进，工作中的苦也没觉得苦，累也没觉得累，反而乐在其中。

2016 年的 4 月，领导找到我，高兴地说："小廖，经过组织考察，你被评为今年公司的劳动模范。这是你的荣誉，也是我们车务一段的荣誉！"

我万分激动，一时间不知道说什么好，握着领导的手一个劲地说："谢谢组织培养，谢谢领导信任！"

在公司"五一"劳动节表彰大会上，我站上了领奖台。当公司党委书记给我颁发奖牌的时候，我恍如做梦一般，不敢相信这是事实，脑袋里一片空白。

"恭喜你！"书记伸手向我表示祝贺。

看着书记慈祥的微笑和殷切的目光，这时我才回过神来，赶紧偷偷擦了下手心的汗，伸出双手接过奖牌，又紧紧握住党委书记的手。

我还作为劳模代表发言。上台前，我用手抓了抓自己的裤子，迈着自信的步伐走到发言台前，用微微颤抖的手从主持人那里接过话筒，用力握了握，给自己加油打气。不记得我的发言有没有停顿，也不记得中途响起了多少次掌声，甚至都不记得讲完之后是如何走下发言台的，只记得回到座位上之后，双腿仍然在不停地颤抖，不知道是激动还是紧张。想想自己从刚进来怕吃苦的学徒，到协力工转正，再到现在的劳模，一幕幕画面，像放电影似的划过我的脑海。

成了"廖班主"

2018 年，运输部内部岗位调整，机务段部分副司机转岗到车务段来担任调车员。一天，领导找到我，让我带徒弟。

"什么？我来带徒弟？"虽然我心里有些忐忑，但还是欣然接

教徒弟检查车辆

受了。

第一次带徒弟没经验，恨不得像武侠小说里写的那样，直接将自己的一身“武功”传给他们就好。然而，我教了一段时间，发现徒弟并没有多大长进，于是我问徒弟为什么。“师父，你讲得太多太快，我记不住啊！你说我是不是太笨了？”

听了徒弟这番话，我恍然大悟，不是徒弟太笨，是我太心急。于是我将工作总结为几条要领：

“遇到紧急情况反应要快，一定要保证自己的人身安全！”

“电网区域作业容不得丝毫马虎，25 千伏的高压可是不讲任何情面的！”

“侵限地点作业一定要一度停车，步行引道！”

“作业过程中但凡有一丝犹豫，就先把车停下来再说，只有停了车，才是最安全的时候！”

我带着徒弟熟悉路线，熟悉货场货位。在我的耐心指导下，徒弟对业务越来越熟练，终于可以独立上岗了。后来，我又陆续带了四个徒弟，都成了工作骨干。

我带的徒弟越来越多，班里调车组十个人，有五个是我的徒弟。段里的同事们总喜欢开我玩笑：车务一段有四个班，分别是甲乙丁班和“廖家班”，我又多了一个“廖班主”的称号。

迎战枯水期

2022 年的夏天异常炎热，太阳明晃晃地照射着大地，连续几个月一滴雨都没下，树木花草都打蔫儿了。

“什么时候才能下雨啊？”

“湘江水位都快降到一米以下了，船只进不来，都靠火车运输，原燃料大量集中到达，都创了历史纪录了。”我说。

同事说：“真盼着来几场大雨，湘江水位涨起来，水运恢复，站场的压力就缓解了。”

段领导传达上级精神：“原燃料大量集中到达，为了完成保产保供任务，部里决定增加一台作业机车，由一位调车员、两位乘务员组成三人乘模式，带领该机车作业。”

这意味着，以前一名调车员、一名连接员的任务量，都落在调车员一个人身上。

“让我先来试一下！”生产压力当前，身为党员，又是劳模，我应该挺身而出。

九月底、十月初的气温，比起夏天的炎热丝毫不减，车皮上的温度至少有五六十摄氏度，车帮烫得坐不住人，只能两手抓着车梯，感觉像是握着热锅柄。最难熬的时间就是等信号，尤其是中午一点到三点钟的这个时段，没有任何遮阳物体的站场就像一个巨大的蒸笼，在太阳的炙烤下，我觉得自己都要蒸“熟”了。

作业过程中，每当遇到心浮气躁或感到疲劳时，我便在心里默默地给自己加油打气：“咬咬牙再坚持一下，顶过这段特殊时期。”班里八个调车员，每一个都能肩负起三人乘的重任，并创下日卸760车的最高纪录。

11月7日下午，公司党政工领导来运输部车务一段调度室送贺信。领导握着我们的手说：“由于你们全体员工的坚持和努力，公司克服了湘江持续枯水期、铁路进口矿集中到达等因素的影响，圆满完成保供保产任务，并且实现局车延时费下降50%的指标突破，你们为公司生产经营做出了重大贡献！”

掌声热烈，我们每个人的脸上都洋溢着自豪。

（整理：丛华校　文字编辑：时代）

高炉日志

何鹏宇

一个人若没有热情，他将一事无成，而热情的基点正是责任心——列夫·托尔斯泰

2023 年 2 月 1 日，春节长假刚刚过去，鞭炮声就从 4 号高炉出铁平台传来。当车间岳主任接过公司领导送来的生产喜报时，我仿佛被一种东西连通了时空，又回到那许多熟悉的场景……

庞然大物缓缓移动

你能想象将一个 6500 吨的庞然大物平移 32 米的壮观景象吗？而且，在这个过程中还需要保证所有的构件不掉落，行进的位置不偏移。

这让我不禁想起“愚公移山”的故事，只是我们反其道集零为整。这是湘钢首次采用平移模式对大型高炉进行大修。

4 号高炉大修从 2022 年 11 月 12 日开始，计划用 65 天时间完成旧高炉的拆除、新高炉的平移等工作。此前，新高炉本体于 6 月 20 日在旧高炉旁开始建设，至 11 月初基本建成。新高炉本体建设

的同时，旧高炉仍在生产。

12 月 2 日，旧高炉拆除完成，新高炉平移开始。

晚上 8 点钟，直径十来米、高几十米的庞然大物开始缓缓移动。0.4 米、1.9 米、4.2 米、12 米……就这样，高炉本体一点点地向着预定的目标前进。

至 12 月 4 日晚上 11 点 58 分，在过去的 52 个小时里，4 号高炉平移的一切，都牵动着公司高层、铁厂领导，以及所有员工的心。我们所有前期工作的成败就在此一举，这是我们人生当中的一次大考。

“15 毫米、10 毫米、7 毫米……停停停，到位了！”随着指挥人员一声令下，奇迹诞生了。现场鞭炮齐鸣，大家兴高采烈，热烈拥抱。

我看到一群人默默地离开了现场。连日的坚守之后，他们要好好地睡上一觉，明天还有新的任务。

新的纪录诞生了

1 月 6 日，4 号高炉车间，宽敞的会议室里，炉前首席李技师手压着桌子，大声地对炉前班组骨干说：“公司要求我们 5 天达产、10 天达效，炼铁厂进一步要求我们 3 天达产、5 天达效。这个目标是一个新的挑战，对炉前的工作也提出了更高要求。大家有没有信心完成任务？”

与会者窃窃私语，谁也没有表态，毕竟，这样的目标放在全国也是独一无二的。

“大家有没有信心？大声地回答！”

有人小声地回了一句：“有……”

“到底有没有？这就是你们的气质？”

会场安静了片刻，“有！”这一次，回答的声音响彻全场。

“那好，我把明天装枕木的事安排一下，希望大家拿出我们一贯的作风。”

1月7日，炉台外寒风呼啸，上千根枕木开始从炉台上四个装入点投放到炉子里面。大家汗流浃背地将枕木一根一根有序地摆放好，就像摆放一件件精美的艺术品，只为送风燃烧时火焰的均匀。

1月8日，4号高炉北场。“都过来了啦，高炉已经点火，后天就要出铁，大家再熟悉一下设备。先分班组进行模拟操作。”李首席嘹亮的声音在炉台上响起。

“余技师，你先全程示范一下。”

余技师接过设备遥控器，将操作过程演示了一遍，然后把遥控器递向我。我接过遥控器，心想“这还不简单”，送电、开阀、启动油泵，然后想当然地将遥控器上的一个按钮前压，接着推动操作手柄。啪的一声，开口机没有动，泥炮却开动了一段距离。原来，按钮打错了。我的脸顿时就红了，心想，好在这不是正常生产的时候。

“大何，你等下单独练几次。作为班组长，你们如果都不熟练，开炉后怎么带班？”听到李首席的话，我的脸更热了。

1月9日，这已是点火的第二天，炉台上更显忙碌。“炉前的”围着开口机、泥炮转；“配管的”在风口平台不断地对各水头试压；“炉内的”开会，跑现场，爬炉顶……每一个人都忙忙碌碌。我带着班员，从每个岗位开始熟悉新的工艺、新的设备，对前期准备工作反复检查。

1月10日，大修后的4号高炉第一炉铁水定在9点18分开铁口。

“大家再把设备检查一下！”岳主任在开铁口前一个小时，把班组骨干召集到一起仔细叮嘱。

岳主任话音刚落，余技师急匆匆跑过来：“岳主任，开口机突然不动了，现在马主任正在组织人员处理。”

“什么原因，查清楚没有？”

“正在查。”

时间一分一秒过去。点检员小潘大汗淋漓地从开口机基座上下来：“去，还牌，试设备。”

我迎着冷风跑向操作室，与检修人员办理还牌手续后，启动设备，时间定格在 9 点 04 分。

9 点 18 分，余技师挎着设备遥控器，将开口机缓缓地开至铁口区，钻杆对准正中心，一阵清脆的振打声开始在炉台回响。

一分钟，两分钟，三分钟，高压风气吹出的炮泥灰由黑开始发红，越来越红，砰的一声，一股耀眼的火光喷射出来。

“大家注意砂口，人站远些，通铁后再过来！”在铁花飞溅中，传来李首席的声音。

主沟的铁水液面缓缓上升，渐渐地，渐渐地，十分钟过去了，与主沟贯通的砂口小井终于有铁水浮了上来。

余技师用一根实心圆钢将小井沙坝的底部捅开一个小口子，铁水经铁沟流到铁水罐中。当铁水在罐中绽起金亮的铁花，我们有了一个好的开始。

1 月 11 日，铁口一直喷溅，渣铁的流动性也不好，许多人已经连续奋战了 24 个小时。当第二批人员替换上岗时，宽敞的会议室已经满是坐着、躺着、趴着沉沉睡去的职工。也许是累过头了，我坐在椅子上，听着空调呼呼的声音，怎么也睡不着。黑暗中，身边这群可敬的汉子，在我脑海里清晰而伟岸。

1 月 12 日，值班室操作台前坐满了人。“小岳，这个炉子一定要将热制度把握好，渣铁排放要及时。”储总对着身边的岳主任说。

4 号高炉主控室场景

“收到！”岳主任清脆地回答，没有过多的语言。

储总点开生产管理系统仔细地看了一眼，高兴地说：“还有两个小时，看样子达产是没有问题的了。”此时，大家脸上的喜悦之情溢于言表。

1 月 14 日，全天的生产报表统计出来，新的纪录诞生了。值班室内却没有了前两天的激动与兴奋。在大家心中，这一切都是理所当然。

别样的守岁

1 月 26 日，临近年关，铁口状况一直不好。

10 点 10 分，铁口打开了，一直喷溅。

70 分钟后堵口，冒了很多泥。

炉台外飘着小雪，铁口区域前的我们穿着单衣，火急火燎地处理泥套。

“大何，大何，加快点进度，炉子减风了，要马上开口！”工长的声音从不远处传来。

在炙热的烟气中，听着催促的声音，当我正准备开口回怼时，旁边的小胡将工具一丢，指着工长大声呵斥：“催催催，就知道催，你来搞！”从开炉到今天，炉前持续的高强度作业，让我们内心产生一种压抑的情绪，一个小小的事件，就能激发心中的怒火。

下班后，岳主任召集大家坐在一起聊天。小胡向工长道了歉，并向岳主任保证不会再次发生。

1 月 31 日，除夕夜，我吃过年夜饭就睡了。

2 月 1 日，零点的钟声一过，在飞溅的铁花中我走上炉台，值班室灯火通明，大家不约而同地聚在这里，开启别样的守岁。

2 月 9 日，铁花，落在主沟两边堆成厚厚的一层，与炉台外的白雪交相呼应。但这火红的铁花，却使我不得不在出铁过程中穿着两件厚厚的阻燃服，带上隔热头套，将自己包裹得密不透风，才可以到主沟区作业。大家口里叨叨着，急切地盼望早日将铁口喷溅治理好。

2 月 10 日，李首席、余技师带领我们进行铁口修复，铁口的状况稍微有所好转，但接下来又恢复喷溅。大家开始产生抵触情绪，认为这样累了却没有效果，还不如不搞。但所有的班组骨干都知道，只有无条件地按照既定方针走，铁口才能得到恢复。

2 月 20 日，铁口治理已经是第十天了，明显感觉状况好了许多。可即便如此，与要求还相差甚远。

破纪录不是终点

3月12日，岳主任召集大家开会，通报近段时间存在的主要问题：第一，铁口状况虽有所好转，但喷溅的现象依然存在；第二，炉顶信号多次丢失，造成炉子大减风；第三，两起典型的工艺事故。

3月13日，小杨今天已是第三次爬上炉顶了。

炉顶信号的丢失，他召集设备厂家做了一次全面排查，他要跟随排查人员在每个点熟悉故障原因。从炉顶下来，感觉腿都抬不起来了，但一切都值得，故障的原因终于找到。

4月1日，上个月的生产总结下来了，全月平均日产突破6600吨大关。人们在高兴之余也保留了一些克制，因为我们知道，虽然创造了历史，但这远不是我们的终点。

4月20日，铁口已经连续几天没有喷溅了，现场员工的劳动强度降了下来，几个月以来的坚持终于得到回报。伴随着铁口攻关取得阶段性效果，对于设备的进一步自动化升级改造拉开了帷幕。

莫名的羞愧

9月1日零点刚过，8月的生产报表出来了，我们再次刷新自己的产量纪录，当月焦比更是创造了公司高炉生产历史的最低水平。

9点钟，炼铁厂主要领导给4号高炉送来喜报，祝贺我们在8月份取得的优异成绩。

10月10日，夜班，岳主任已经连续几天没有回家了。在八九月生产取得丰硕成果之后，炉况开始产生波动。风量的萎缩、热制度的失衡、气流的紊乱，让他陷入一种迷茫。面对这样一种状况，似乎每个人的看法都有些出入，他要在这些观点的差异和现实的操

高炉出铁现场

作中找到最佳平衡点。

10 月 20 日，炉况进一步恶化，有 4 个风口烧损需要休风更换。20 时，风休了下来，满炉台的人忙忙碌碌。我带着班员更换 2 号风口，这样轻车熟路的操作却让我们有些沮丧，生产陷入了被动。

10 月 24 日，在炉况劣化的这段时间里，罐位电力机车还是按计划交付使用了。但我们对这套新的设备以及由此产生的新工艺并不完全熟悉。当天，实地操作了一遍，发现个别同志对倒罐的次序安排没有明晰的认识，这种情况下很容易发生事故，我对此很是担心。

10 月 25 日，17 时 10 分，南场出铁，出一号线。小袁接到二线加罐的指令。他在一二号窥视孔各看了一下，拿起遥控手柄开始操作。忽然间，一股黑烟冲起。我急忙跑过去，发现他将 1 号受铁罐推动了，铁水直接流向地面，这将造成恶性的操作事故。小袁也发现自己的失误，将推动的罐又拉回了原位。中班下班后，我们开了事故分析会。当时，我真想踢他两脚，这样低级的错误也能犯。

10月27日，这两天，我一直思考自己在这起事故中的管理责任，深感随着年纪增长，体力和精力已跟不上新的要求。我最终下定决心，向岳主任申请调离炉前关键岗位。

11月1日，我正式从高炉下来。也就在当天晚上，4号高炉又休风换风口了。望着不断奔赴高炉现场的同事们，我内心有一种莫名的羞愧，我是一个“逃兵”，离开了我曾热血奋斗的战场。

心，永远在高炉

2023年1月1日，新年第一天，我回想自己过去一年的经历。虽然从高炉关键岗位下来有两个月了，但我一直在跟进4号高炉生产的变化趋势。经过10月、11月两个月炉况的波动后，4号高炉已经找到一条适合自己的操作之路。虽说一路走来磕磕绊绊，却总有自己的坚持。

厂部宣传栏中展示了这些年来湘钢及炼铁厂所取得的成绩：从扭亏解困至千亿强企，从全省典范至全国瞩目，炼铁厂前五年累计产铁4167万吨，2022年产铁量首次突破900万吨……这当中，有着4号高炉，有着我们，有着我的一份荣耀。

（整理：雷威 文字编辑：王文新）

正眼看副枪

姜长顺

岁月在炼钢厂老厂房和陈旧设备上留下深深的印记。20 世纪 90 年代建成的炼钢厂，80 吨转炉的产能一直受到制约。尽管经历多次技术改造，生产规模和质量有所提高，但受限于厂房结构、炉口直径偏小和能源管网走向等因素，设备整体水平落后的局面并没有得到彻底改善。

随着湘钢线棒材产品转型升级战略的提出，现有条件已经不能满足企业发展需求，我们必须寻求创新和突破。不改变就没有未来，不改变就注定难以生存。对于已经服役 20 多年的转炉，新建副枪的投入，将会产生深刻而重大的影响。2020 年，我们开始一段漫长而充满艰辛的旅程，着手进行 80 吨转炉新建副枪项目。

大开眼界的内部考察

打造新炼钢的重要项目——80 吨转炉新建副枪，备受瞩目。作为转炉车间设备主任，我亲身经历了这场建设的艰辛历程，也感受到其中的压力。

项目从一开始的规划设计，到设备调试与运行，每一个环节都

结合副枪定碳及测温数据进行拉碳生产

充满不确定性。夜以继日的奋斗，似乎成了我生活的常态。而在这个过程中，我也深切感受到心与手的不协调。尽管如此，我们仍然坚定地走在这条路上，因为这是一场无比艰苦但又值得追求的挑战。

1996 年，炼钢厂转炉投入生产，当初的设计方案并没有考虑到安装副枪的问题。那个年代，国内钢厂转炉根本不曾涉及副枪概念。如今，副枪安装被提上了议程，能否顺利实现，其效果如何，还充满未知。

有些人对新建副枪项目提出不同看法，甚至持怀疑态度，认为这是“天方夜谭”，唯一解决办法就是拆掉转炉重新建设。质疑声不绝于耳，我们要想办法，让大家接受。

国内并没有成熟的同级别转炉新建副枪成功案例可供参考，我们决定先去看看内部兄弟单位的大型转炉炼钢过程，希望从中汲取灵感和经验。炉膛内副枪喷射的炽热火焰，工艺过程中不断变化的温度、碳含量、氧含量等参数，深深震撼了我们。这些看似简单的数字，在炼钢过程中至关重要，能直接影响钢水的质量和产量。副枪系统让我们大开眼界。

转炉炼钢副枪系统的功能十分强大，可以实现自动监测温度、碳含量、氧含量、熔液的液面高度以及取样分析等任务，完全不需要人工干预。它能够精确地计算出冶炼所必需的氧含量和冷却剂添加量，从而使炼钢工作更加高效、快捷，实现快速出钢的目标。它更是解决了冶炼过程中，在不中断吹炼以及不摇炉情况下，获取转炉炉内熔液信息的大难题。

参观完后，几个同事悄悄说："就凭着以后上班能轻松些，工作环境能变好，我们也要坚决把副枪建起来。"

在转炉新建副枪的道路上，我们始终摸着石头过河。虽然学习了湘钢大型转炉的副枪应用，但心中仍然没有底，尤其是设备安装这一关键环节，更让我们担心不已。

老天总是眷顾我们的。多方打听，我们得知北方有一家钢厂已经成功使用了转炉副枪。我凭借"七大姑八大姨"的人际关系，终于联系上了那家钢厂，"软磨硬泡"下，对方答应让我们前去学习参观。

"副枪应用后原本以为会改善工作环境，提高生产效率，没想到带来更多的麻烦，效果不如预期。"我们满怀期待来到那家钢厂，准备一探副枪奥秘，却被兜头泼了一盆"冷水"。

对方技术人员告诉我们，设备出现问题时，不仅影响产品质量，还误导操作人员，降低产量，这些都让他们感到失望和焦虑。

这次外出学习，虽然遇到一些"意外"，但也颇有收获。炼钢厂副枪项目最大的难点在于设备安装，我们和对方就设备安装进行深入探讨，细致分析他们使用后效果不佳的原因，更加坚定了我们的信心。

回到厂里，我们迅速行动，根据这次外出学习的经验，进一步完善了 80 吨转炉新建副枪方案。

两眼放光的老师傅

在开始新建转炉副枪前，我们团队首先面临的挑战是如何精确计算副枪尺寸和安装位置。这需要根据转炉规格和使用要求，计算出副枪长度、直径、中心距等参数。随后，我们借助计算机软件进行模拟和分析，以确保副枪行程和动作能够满足炉子使用要求与安全标准。

更大的困难还在后面。因为厂房年代久远，经过多次技改施工，许多尺寸已经与当初设计时的参数不符，这无疑是一个不小的难题。我们没有放弃，通过查找图纸、反复测量和不断探索，终于订购到合适的设备。

设备运到现场了，经过测量，发现副枪旋转机构和烟道尺寸相互冲突，又一道难题摆在我们面前。

向负责安装的外国工程师咨询，他们的回答却让我们犯了难。他们说，设备本身并没有问题，但需要重新修改设备外形尺寸或者安装尺寸，这将不可避免地导致一个月的工期延误。而且，这些外国工程师的费用也是一个不小的负担，需要为他们提供食宿，并支付高昂的工资。

我心中满是焦急，想着要是采纳他们的建议，必然会给厂里带来巨大损失。我心情开始浮躁，像一只蚂蚁在热锅上翻滚。然而，幸好我想起师父的谆谆教诲——面对问题，首先要平复心情，然后再去寻找解决之道，或许会迎来转机。于是，我开始冷静下来，带领大家再次探索解决方案。

那个夜晚，我们团队围坐在一起，热烈地讨论着如何解决副枪安装问题。经过一番激烈的争论，大家都感到无力回天，似乎已经陷入了困境。就在我们准备放弃的时候，一个平日话不多的老师傅提出一个奇特的建议："我们可以把烟道外部尺寸缩小一点，这样就能够为副枪旋转机构腾出足够空间。"他的话让我们惊讶不已，大家不约而同地看向这位老师傅，期待他的解释。然而老师傅却只是淡淡地说了一句："具体还没想好。"这句话让我们感到有些无奈，会议也就此散场。

散会后，寂静的会议室里只有老师傅还在思考。他认为，即使是看似毫不相关的想法，也可能是解决问题的关键。

一夜无眠，第二天早上，老师傅两眼闪着光芒，激动地展示他的成果。那个时候大家才发现，这个沉默的老师傅是如此的不平凡。

最终，我们成功实现了烟道外部尺寸的缩小，通过精密的计算和改造，保证了烟道汽化系统的正常使用。

大学生的奇妙建议

这场战斗的核心，在 1 号转炉氧枪的更换。每一次更换氧枪，施工人员都要小心翼翼避开新建副枪设备和附近的其他设备。为了保证生产的连续性，他们必须像探险家一样克服困难和规避风险。

一位新进厂的大学生看到这个情况，提出一个奇妙的建议：在吊装氧枪的设备前面增加一个滑轮，这样可以保证更换氧枪和施工的顺利进行，并且保证了安全。这个建议得到专业人员的认可，并迅速进行试验。经过第二次更换氧枪作业确认，我们感受到了生产与施工之间共同进步的喜悦。

夏日骄阳像一把无情的火炬，烧灼着人们的身体和心灵，让人疲惫不堪。这个需要精密操作和高超技术的项目建设，也需要庞大的工人队伍。酷暑下，为防止出现中暑，施工人员只能轮流作业，导致我们缺乏足够的人手。

在一次例行安全检查中，我们发现一名施工人员有些疲惫。难道厂里的安全措施没有执行到位吗？我们不禁产生疑问。要知道，每一个细节都可能影响施工人员的身心健康，也关系到项目建设的顺利进行。经过了解，是休息室的空调效果不理想，施工单位配备的防暑降温物资不充足。我们没有袖手旁观，而是立即采取行动，调派专业人员对空调进行维修，同时将车间的防暑降温物资调配一部分给施工单位。

那天的例会上，我们把这件事情作了通报。外委方十分感谢湘钢能够像对待自己的职工一样对待外委施工人员。这份人性化的关怀，让外委施工人员感受到温暖与关爱。

后来，炼钢厂调整了作业时间，避免高温的折磨。为了更好地协同工作，我们车间将施工人员分成了多个小组，明确每个小组的分工，能够更加高效地完成任务。

前车之鉴不得不防

有了北方那家钢厂的前车之鉴，我们把工艺人员的操作练兵重视起来。在设备安装过程中，工艺人员全程参与，通过请进来、走出去的方式开展培训。我们不仅邀请宽厚板厂的炼钢首席专家前来授课，还把工艺人员送到宽厚板厂去学习。这些培训和学习，让我们的工艺人员掌握了关键技术和操作要领。我们厂的转炉副枪是后来增加的，这和宽厚板厂的情况不太一样。但是我们仍然能够从宽厚板厂的经验中汲取灵感，并且找到许多相似之处。

在学习的道路上不断前行，汲取宝贵的知识和经验。在这个过程中，不仅掌握了设备的日常维护和不同钢种的副枪操作技巧，更加深刻地领悟了在面对突发情况时，如何保障工作的安全顺畅。

在转炉副枪正式启用之前，我们进行了多次尺寸检测、运行参数测试、连锁条件验证和事故系统测试，并通过模拟实验的方式，验证了副枪的使用效果和安全性。

沐浴着喜悦的阳光

这场宏大的工程，从方案设计到现场施工，每个环节都紧张而又精细，汗水和热气交织在一起，组成一幅画卷。

经过五个月的紧张施工，终于到了试车的日子，期待已久的转炉副枪揭开神秘面纱，整个团队在试车成功的那一刻沸腾了。

2020 年 10 月，转炉副枪成功应用，转炉一倒，出钢率从不足 55% 直接提升到 90% 以上，单炉冶炼时间缩短了至少 3 分钟，全厂沐浴在喜悦的阳光之下。为了感谢每一个参与此项目的员工，我们厂举办了一场隆重的总结表彰会，邀请所有的点检员、工艺人员和施工人员。会上，每一位参会人员都分享了自己的感悟和心路历程，其中两位的发言深深地触动了我。

一位年轻的研究生说：“通过这个项目，我不仅改变了很多旧的观念，也领悟到每个人的作用都不可小觑。在这里，我学到了书本上没有的实践技能，拓展了人生阅历和经验。”

另一位老师傅说：“以前，我们每个人都是独自一个人白天黑夜地苦干，但这个项目强调团队合作，虽然施工时间长，任务复杂，但大家却没有以前那么累。”

向转炉炉内加入废钢

翻天覆地的变化

80 吨转炉新建副枪项目犹如朝露，为炼钢厂注入了生机。副枪不“副”，正眼看副枪，这个项目不仅是工艺和技术上的突破，更是一次全面的改造。它让我们看到了落后就要被淘汰，激励我们向前迈进，进行大规模的技术革新。

按照“高起点、少投入、快产出、高效益”的方针，炼钢厂陆续实施了连铸机、转炉炉壳改造和新建修磨线等一系列项目，不仅提高了生产效率，更是让工作更加安全可靠。

转炉炼钢，曾经是高温、粉尘、高危险、高污染的代名词。而如今，在智能化改造下，这一场景已经发生翻天覆地的变化。

现场，机械的轰鸣声和自动化的节奏感，代替了以往繁重的体力劳动。在冶炼过程中，只需要短短的 26 分钟左右，一炉钢就已经炼好，这样的效率让人瞠目结舌。

曾经，工人们需要在炉前测温取样，才能获得炉内钢水成分，而如今，这个过程完全智能化。工人们坐在操作室，通过监控屏幕实时掌握炉口和炉前的情况。而副枪测试的温度，能够直接显示在屏幕上，让生产过程更加清晰可控。

（整理：胡石强　文字编辑：饶芳）

点亮北极的那盏灯

肖大恒

“审核整体评价给 4 分（满分 10 分），这次不推荐。”亚马尔项目代表在 2014 年 7 月 28 日完成对湘钢质量、环境和职业健康安全三体系审核后，作出这样令人震惊的结论。

客人就能违反规则？

亚马尔项目，由俄罗斯诺瓦泰克公司、法国道达尔公司以及我国中海油合作投资。作为全球最大的天然气液化和出口基地，目标是将俄罗斯西伯利亚西部亚马尔半岛埋藏的天然气通过液化，运输供应给欧亚两大洲。项目涉及 200 多个矿区、年产 550 万吨的 3 个建设项目、陆地装置模块化制作及 17 万立方米运输能力的 16 艘破冰船新造等。由于地处北极圈，极端气候环境极具挑战性，需要使用超低温冲击良好的钢板，因而亚马尔项目在全球寻求顶级钢厂采购钢板。

一直在关注亚马尔项目进展的湘钢，当然不会错过这样的机会，可这次亚马尔代表的评价有如闷雷，击溃了大家的自信。湘钢海工 IPD 项目组成立以来，又何曾遭遇过这样的挫折？

研究分析亚马尔项目钢板的落锤实验结果

听到亚马尔项目评审组的评价，我们的一位组员失望地说：“唉！参加了那么多次审核，这一次真失落！”

“预想了外方专家要检查的各种情况，但是当专家们过来的时候，我们好像什么都没准备一样，让人措手不及……”有的组员愤愤不平。

4 分的评价，让我们所有人都安静了下来，满腔热情变成了悲观失望。为什么要坚持把外方评审专家组请过来审核？因为当时大家自认为心里有数，但结果却跟原来预期的完全不同，专家组用他们的打分，扎扎实实地给了我们一个教训！

真正让人感到不适应的是，我们与外方理念的巨大差异。我冷静地思考了湘钢当时存在的问题。

多年以来，公司说要走向世界，但人们参与国际竞争的意识还不够强烈，迎审体系文件和程序语言、厂房设备与建筑通道标志、交通指示标志等均为中文，让外方人员无所适从。管理上，有些制度细节不完善，导致操作人员无可遵循。现场员工凭经验做事，知其然不知其所以然，对审核人员的有关提问不能快速准确地回答。未能充分理解和实施材料可追溯体系与抽样程序，现场很多过程有记录，但缺少对原始数据的统计分析。思维方式和行为习惯不严谨。审核人员亲眼所见：许多场所没有标示明确的安全路线及紧急出口；厂区虽然限速，但很多人都超速；下楼梯，有人一只手插在口袋里，另一只手接打手机；噪声大的岗位，很少看到员工戴耳塞；生产现场的急救箱，药品配备较为齐全，唯独缺少止血带。

外方评审专家非常关注这些细节，尤其把现场安全摆在第一位。他们到现场问了作业人员一个很有意思的问题：你们单位管理安全的厂长是谁？我们的员工回答得很豪爽，就是我们的生产厂长。你说这句话有什么毛病？从国内观念来看，一点问题没有，但外方专家就完全不认可，认为有巨大的漏洞。他们能从岗位人员的回复看出管理的深层次问题，这明显就是生产第一、安全第二的体现嘛。

现场岗位人员的回答给外方评审专家一个错觉，似乎我们的管理理念与他们存在明显的差别。特别是去五米宽厚板厂的时候，大巴车直接开进了厂区绿色通道。以前，重要领导来现场视察，为了安全便捷、节省时间，汽车直接开进厂区。外方专家受此礼遇，当场就问，你们这个车平时也可以进来吗？现场人员回答也很干脆，平时不能进来，今天是欢迎您这样重要的客人才开进来的。外方专家说，那你这个规则制定就有问题了，我是客人你们就可以违反啊？制度定下来，所有人就应该一视同仁！再说，我多走这几十米有什么影响呢？你们为了我这一点点方便，就破坏规则制度？让我怎么相信你们的产品质量呢？

车头一律朝外？

2014年8月19日，一个正常的工作日。

下午4点左右，一个貌似不正常的帖子在湘钢论坛刚一贴出，即引来喧然大哗，质疑声一片，骂声也有。

这个帖子是一位网友贴出来的，题目就叫《关于厂区规范停车的紧急通知》。讲的是自通知下发之日起，在厂区内汽车停放时要求车头一律朝外，不按照规定停车，将作为纠规重点。

车头朝外？全国都找不出这样的规定！对于一些驾车新手，这不是为难大家吗？这则不近情理的通知其发文单位保卫处，一时间成为人们冷嘲热讽的对象。第二天，看到保卫人员在全公司各停车处的温馨提示与热情引导，职工们的疑惑不减反增。

为啥车头要一律朝外？8月22日，网友“交通安全宣传员”道出一些眉目。这位网友在《停车时车头为啥一律要朝外？》帖子中说：近期，公司争取的外方项目在第三方安全审核时，他们针对停车混乱的现象提出了异议，指出要车头朝外。

确实，这是湘钢板材走入欧美市场的第一个项目，以前与外方专家打交道不多，大家普遍对此认识不够深刻。公司与韩国等国家做过不少生意，因为他们与我们的文化有相似之处，交流沟通不存在太多问题，而欧美专家所处的文化环境与我们相差太大，如果不按他们的要求和流程，人家就拒绝合作。当然，他们的产品采购预算都非常高，不太在乎原材料价格的高低，品种质量与成本概念完全不一样。基于理念的不同，湘钢把这次评审认证的重心放在了品

项目团队讨论生产实验方案

种质量方面，没有把安全等基础管理提到应有的高度。

外审方专家组走了，公司立即组织开会统一思想，严格按照外审要求全部整改，从上到下、由内到外，必须在一个月之内整改完毕。确实，只要大家想干一件事，那潜力也是无限的。公司要钱给钱，要人给人，要资源给资源，短短二十来天，办公大楼、会议室安全标识、逃生通道、各个路牌中英文标识、紧急应急集合点、厂房绿色通道等，全部按照外方专家要求完成了整改。

我们邀请外方专家第二次审核，他们根本不相信湘钢能在这样短的时间内完成所有整改。外方专家声称他们可以过来第二次审核，若是这次审核通不过，以后就再也没有机会了。公司也是破釜沉舟，抱着谁弄丢了客户谁就要担责的决心，坚持第二次迎审。专家组特意从奥地利派来资深专家，严格按照评审流程和要求逐条认真审核。我们也不打无准备之仗，为了这次审核，公司特意组织人员去了有外供合格审核经验的钢厂取经。通过交流学习，我们知道了怎样满足欧美客户的需求，怎样及时响应外方市场要求。

第二次审核，外方评审专家对之前存在的现场问题一个一个核查比对，他们对湘钢的执行力和反应速度非常满意。评审完成，毫不犹豫给出 9 分的高分，审核通过。外方专家对流程和制度的严格执行，让我们感受到不一样的文化。通过审核，外方专家也发现了我们的优势——快速的执行力。

亚马尔项目体系审核认证，促进了湘钢管理体系向国际化大转变。亚马尔项目对钢材产品要求极为严格，供货方必须通过他们的认证。亚马尔项目让湘钢真正开始建立国际化管理体系，开始走向国际舞台，参与国际竞争，向世界一流企业迈进。随后，亚马尔的生产订单开始源源不断而来。

“亚马尔产品审核认证的时候，为什么一定要求停车时车头朝外？”对这个问题，大家不止一次讨论过。外方专家说：“很简单嘛！发生安全事故时，车很快就能开出去，简单有效。特别是发生地震、火灾时，根本没有调转车头的时间，这样规范停车，才能实现真正意义上的安全。”外方专家认为，安全不仅仅是安全本身，它和质量、生产从来都是一体的，产品的安全、生产、质量要做到全流程管控，安全自然是第一位的。

感受不落的太阳

通过大家的努力，湘钢先后为亚马尔项目供货 7 万多吨优质钢材。2016 年钢铁市场还不太好，亚马尔项目的钢材订单，使公司收获了可观的效益，也迎来越来越高端的客户群。

2021 年 4 月份，总重量达 60000 多吨的 6 个“北极 2”液化天然气模块项目初具规模。凭借在海洋工程领域的资深经验和战略发展眼光，与公司长期合作的某海洋工程企业积极参与国际竞争，向行业价值链上游攀登。这家公司顺利斩获了亚马尔二期——“北极 2”项目的装备制造订单。

“北极 2”项目是俄罗斯在北极实施的第二个液化天然气项目。此项目每条生产线每年可产 660 万吨液化天然气，预计在 2023 年至 2025 年期间分三期建成投产。这家海洋工程企业负责建造两条 GBS（重力基础结构）上的压缩机装置模块和发电机装置模块，共 6 个模块，重达 64000 吨。合同签订后，这家公司立即与湘钢联系，双方进入了新一轮助力世界超级工程的合作。

亚马尔半岛位于北极圈内，北临北冰洋。每年 6 月 22 日左右的夏至日时节，这里发生极昼现象，太阳终日不落。湘钢钢材建设起来的天然气生产装备，静静矗立在冰天雪地之中，感受着不落的太阳，头上那盏灯经久不息。

（整理：陈润生 文字编辑：王班勇）

到双马去

李灿

港口吹来微咸的海风，时不时传来一两声海鸥的叫声，成千上万的集装箱被吊上吊下，一派忙碌景象。老刘望着湛蓝天空下的吊车，思绪又被拉回到 2010 年开始建设的双马项目……

何处突围

湘钢钢丝绳厂作为1958年建立的老厂，主要产品是矿用钢丝绳。2005 年后，传统的煤矿市场优势不再，钢丝绳厂销量和效益逐年下降，企业发展面临巨大挑战。

在厂里召开的技术研讨会上，厂长的眉头紧紧拧成一个“川”字，狠狠地吸了口烟说：“钢丝绳厂的效益连年下滑，大家怎么看？”

会议室里一片寂静，空气仿佛都凝结住了。是啊，能有什么办法呢？

“想当年，湘钢的第一件产品，就是钢丝绳厂生产出来的……”有人说道。

“现在市场竞争激烈，技改没跟上步伐，设备老旧也是一个问题。”作为技术总工的刘建国发言，不少人对他的观点投来认同的

双马新区大门

目光。

“虽然在市场洪流中我们活了下来，但是现在必须转型。”他接着说。大家都若有所思，厂长赞同地点了点头：“我们是要好好想想转型的事。”

2009年，集团公司着手谋划发展钢材深加工板块，确定了钢丝绳产品扩产提质项目。

“你对转型的事情有什么具体考虑？”这天，厂长把刘建国叫了过去。

刘建国沉思一会，一字一句地说出他的想法：“我研究了大量资料和国外转型的案例，我觉得，我们应该从普通煤矿绳转型到中高速电梯绳和高性能钢绳上。”

厂长面露笑容：“我也是这么想的。你赶快去写一份钢材深加工行业发展可研报告。”

“保证完成任务！”刘建国站直了身子，顺便做了一个“敬礼”的手势，表达他的决心。

挥师双马

钢材深加工行业发展可研报告专业性极强，起初，可把刘建国和他的团队难倒了。一方面与行业专家、同行技术人员深入交流，上网查阅大量资料，另一方面结合钢丝绳厂自身拥有的设备和技术储备，大家认为向电梯钢丝绳和高性能钢绳转型更有把握，这一观点也得到集团公司领导认可。

那么，项目放在哪里呢？厂内的设备老旧，场地也有诸多限制，放在目前的厂区内肯定是不合适的，需要另辟一片新天地大展拳脚。经过集团公司领导研究，决定在湘潭双马工业园区购置一片土地，建设新项目。

双马工业园，是湘潭的新兴工业园，毗邻湘江，背靠多个大型交通枢纽，有着得天独厚的地理区位优势，新项目可以在厂房、设备、物流等方面重新规划布局，能够提高生产运行效率。

“到双马去！”人们把希望的目光投往同一个方向。

2010 年初，钢丝绳厂双马板块动土兴建。

刘建国踏上双马这一片土地，真有种百废待兴的感觉。他看着繁忙的建设场景暗下决心：一定要在这儿干出一番成绩。

设计风波

电梯绳是钢丝绳厂从来没生产过的产品，刘建国先后考察了几家同行企业的设备，结合自身实际情况确定了设备选型。选型之后，

双马厂房外景

刘建国开始电梯绳结构的设计。

电梯绳的结构看似与普通钢绳结构无异，但它需要的制绳丝规格更细，必须更加注重结构设计的合理性，否则会影响产品性能。刘建国握着笔，在纸上描画结构图；坐在电脑前，打开设计软件，匹配不同的结构算法。经过近半个月时间，终于设计完了，刘建国对设计图自信满满。但他拿着第一稿设计图找专家们讨论时，得到的却是一片质疑声：

“电梯绳要注重钢绳的应力和结构伸长，你这设计结构缺陷太明显了，真不行……”

“按照你的设计，在实际捻制时，股与股之间的间隙较大，还得再改改……”

“设计的捻制参数还需要验证，绳子过松或过紧都不行……”

一连串的否定，让刘建国无从反驳，灰头土脸。之前设计时能

想的都用上了，他想不出更好的设计结构。

今夜的天空格外黑，一颗星星都没有。刘建国坐在办公室，望着天空叹了一口气，戴上安全帽，走进厂房。工人们正在安装框篮式股绳机，他望着股绳机，一道灵光忽然闪现：“我设计的结构图，最终要在股绳机上生产，不把设备的性能了解透，产品设计就无法实现。”他急忙向设备负责人要来设备图纸。

“这是 XX 部位，它的最高转速是……它的性能参数是……”刘建国仔细地查看设备图纸，明确了钢绳设计结构的改进方向。一个月后，刘建国又带着设计稿找专家、领导们汇报去了。

“这是我的设计理念……我的设计目标是……”专家们听完，纷纷竖起大拇指。

初战告捷

2011 年，双马电梯绳项目试生产，第一批电梯绳在新设备下线。“这第一批电梯钢丝绳，是我们生产上的又一突破啊！总算是不负众望。”刘建国拿起一根表面光滑洁净的钢丝绳，用手慢慢地摩挲，久久不愿松开。

随着产量不断提升，钢丝绳厂又从本部调集四五十人到双马厂区，开启电梯绳的大规模生产。

2016 年，钢丝绳厂在江浙区域专门设立营销中心，加强当地的电梯绳市场开发。随着电梯绳产销量逐年攀升，它成为钢丝绳厂产品的又一亮点。所谓东边不亮西边亮，伴随着煤矿用绳市场逐年萎缩，钢丝绳厂提早布局的电梯绳和高性能钢绳填补了这一空缺，年产量翻了一番。

抢占高点

2018 年 12 月，湘钢钢丝绳有限公司和湘辉公司合并，成立湖南湘钢金属材料科技有限公司，产品包括了钢丝绳、预应力钢绞线等多品种，成为一家年产 30 万吨的金属制品深加工基地，一跃跻身行业前列，集团公司对湘钢金属提出了“1+1 > 2”的更高发展目标。

就这样，刘建国又被委以开发港口海工钢丝绳的重任。他奔波在国内几大港口，详细了解钢丝绳需求量、选型及使用寿命，发现大部分港口使用的都是进口钢丝绳，于是，他在想能否实现国产替代。

“你好！老同学，能帮我拿两根进口钢丝绳样品吗？”刘建国联系上了在码头工作的同学，一周之后，样品送到刘建国手中。

“配丝和捻制的方法的确优良。”刘建国自顾自地嘀咕着。

刘建国开始思考，如何将自己设计的产品提升 20% 以上的使用寿命？他把技术人员召集到一起，从原材料选型、配丝规格、捻制参数等多方面展开头脑风暴式的讨论。

“原材料的钢种性能要稳定，才能保证制绳丝在拉拔过程中不容易断裂。”

“热处理炉的炉温要控制好。”

“配丝要考虑紧密性，丝与丝之间的接触面积要计算精准，确保捻股严丝合缝。”

“钢丝绳油脂要选用进口油脂，确保钢丝绳表面润滑……”

经过刘建国团队半年的艰辛攻关，终于设计并生产出了匹配码头作业标准的钢丝绳。这批港口绳下线被送往某码头，刘建国也跟着到达，指导码头工人们上绳，看着钢丝绳被平稳地装上。

攻城略地

一晃 12 个月过去了，刘建国一直惦记着这批港口绳的使用情况。其间，他多次与客户联系，收到的反馈都还不错，但他的心里还是不够踏实，想亲自到港口去看一下。

这天，刘建国坐上高铁，就像看望自己孩子一样，心情十分迫切。到达码头，他登上平台，正在使用的港口绳状态良好。工人们对刘建国说：“你们的绳子还在使用，性能挺好……”

码头工人的话听上去很平常，却给了刘建国莫大的鼓舞。要知道，对于码头作业来说，换一次绳既耗费劳动力，又会耽误作业，所以，码头工人都希望在安全允许的条件下，钢丝绳的使用寿命尽可能地长。刘建国也深谙其中的道理，朝着工人们说：“你们放心，我们湘钢的绳子，可靠！”

那一批钢绳在使用到第 15 个月后才被换下来，比预想的使用时间多了 3 个月，当初提升 20% 的使用寿命实现了！后来，湘钢金属先后与国内多家重要港口签订战略合作协议，让湘钢牌钢丝绳在港口领域崭露头角。

双马高性能钢绳生产区为湘钢金属带来新的生机，原来从未进入的领域也逐步涉及，先后落地了国内单件重量最大的钢绳、多批次超长超重港口海工用绳等。

钢丝绳厂经过几轮的市场洗礼，与湘辉公司合并为湘钢金属后，电梯绳和高性能钢绳成为拉动企业效益关键的“两驾马车”。站在欣欣向荣的双马，刘建国感慨万分。

（整理：张娴 文字编辑：时代）

解决头疼大事

许景

365 天，长吗？就一年。何况庄子说：人的漫长一生，在天地间也不过“白驹过隙，忽然而已”。

365 天，短吗？对我和动力厂供电车间的同事们来说，却是一个破纪录的数字——截至 2022 年 12 月 31 日，湘钢高压电力电缆不放炮时间突破了 365 天。

我们像排雷一样，排除电缆放炮的可能。这一纪录，还在不断被刷新。

立下“军令状”

2021 年 12 月，动力厂厂长、党委书记找我谈话，供电系统高压电力电缆事故不断，仅 2021 年发生的电缆事故就有 5 起。放炮不仅对设备本体及周边设备造成破坏，严重时还可能引发火灾等安全事故。供电系统能否稳定，对整个公司生产至关重要。

“你的任务就是要实现零故障，不能放炮！”

领导们的话音未落，我的脑袋嗡的一声就蒙了，心想，“电缆放炮”可是供电系统管理中排名第一的“疑难杂症”，虽说近几年

车间骨干攻关研讨

设备进一步完善，员工们的技术技能也有明显提高，但要实现零放炮，那怎么可能啊！

不过，我还是挺直腰板回答：“请领导放心，既然组织上安排我到这个岗位，我一定要努力干好。”

2022 年 1 月 17 日，离开供电车间 10 年后，我又重新回到职业生涯开始的地方。

不放炮，成了我 2022 年的头疼大事。

与电断断续续打了 20 年交道，我总算弄明白一个道理：能够查出的故障都不是故障，发现不了的问题才是问题。电缆整治是一项大工程，全公司 14 个主隧道，加上一些支隧道和盖板沟，电缆全部加起来有 600 公里左右，要在短时间内找出问题所在，简直比登天还难。

上任伊始，我和技术骨干、职工代表开起了“神仙会”，抛出三个问题供大家讨论：电缆放炮的问题在哪？原因何在？如何解决？没想到，大家还真来了一场“头脑风暴”：有人建议引进智能监控设备，提升事故预警水平；有人说要增加人手，做到责任到人。焦点集中在三个方面：一是电缆管理面积大，覆盖面广，作业中遇到的突发情况较多，有些电缆“不走寻常路”，对应的人力投入却不够；二是电缆技术管理不到位，无法形成有效的预防手段；三是整治工作“计”从百出，方法不聚焦、不持续。

会议室里热气腾腾，从大家的语气里我听出淡淡的不满：工作做得不比其他车间少，因为放炮的缘故，效益却总是比人家少一截。我说：“办法总比困难多，关键在于我们怎么做。综合大家的意见和建议，我会拿出解决电缆放炮问题的初步方案。”

就这样，我在厂领导和车间同事面前都立下了“军令状”。

“还是你的办法管用”

就像中医治病的“望、闻、问、切”一样，我和长期参与电缆事故整治的同志们一起，探讨更专业、更深入的意见。大家认为，确保供电系统和电缆稳定这上、下两家不出问题，就能最大限度地不放炮。

2022 年，动力厂推进前置管理，倡导在前兆和趋势阶段能够及时发现并解决问题。供电车间必须未雨绸缪，将杜绝放炮事故的时间和阵地前移，做好高压电缆隐患排查预警，不要等到故障出现时再处置。

窗户纸一经捅破，胜利之光便扑面而来。有公司电力首席和设

现场检查电缆运行情况

备室的大力支持，在以往采用球隙放电提高电压，寻找电缆薄弱点定位事故点的基础上，我们提出新方法，改用钟摆式冲击电压，对划定区域进行地毯式扫描。此举可以减少对设备的损伤，更重要的是，故障隐患点的定位时间更短、更精准。

2022 年 3 月，烧结中心变电站发出故障警报。大家先用老办法查找，数据提示确实有问题，但无法定点。我们决定用新方法试试。一位老师傅摘下手套说："新办法要排查的范围更广，工作量会更大，如果达不到预期效果，我们不就白干了？不仅影响烧结的生产，我们还要被考核，得不偿失。"大家面面相觑，最后转头望着我。我说："不试怎么知道会白干？新办法关键在于验证，不敢试、怕担责，永远不会有突破，不放炮就是一句空话！"

我的坚定，感染了在场的同事们，大家重新回到岗位上。数据很快提示一段 200 米长的电缆沟内存在隐患。我们迅速赶到现场，料灰和水已将电缆淹没，传统方法根本无法查找隐患点。按照数据指引，我们发现不同位置的多个点位存在安全隐患！当初质疑试用新方法的老师傅告诉我：“过去用三个月，可能都达不到现在的效果。还是你的办法管用！”

“任督二脉”

新方法初战告捷，更让大家看到避免电缆放炮的希望。我们趁热打铁，抓紧打通供电系统和电缆稳定“任督二脉”。对电缆事故预防管理梳理出四点意见：一是要做好高压单芯电缆的屏蔽绝缘检查修复；二是预测好电缆主绝缘的振荡波试验；三是改善控制事故影响的消弧系统；四是事故选线要摆脱人工，实现快速、精准。

我和同事们从最根本的高压电缆屏蔽检查修复开始，钻隧道、爬电缆沟、走桥架，摸排一天下来，工作服黑灰黑灰的。因环境受限，很多地方只能弓着背行走，经常累得腰都直不起来。我们通过自身技术积累，测试消弧控制系统，证实了其中一部分过补偿及控制系统的缺陷问题。

方向对了，人才显得格外重要。小于是车间的技术员，来自新疆，高高瘦瘦的个子，去年刚从东北大学毕业，给人的第一印象是学生气息浓厚。为了让年轻人在急难险重的任务中得到锤炼，我有意识地安排他在车间负责电缆运行管理。小伙子确实也不错，工作习惯非常好，小本子不离手，不懂的地方、发现的问题或者疑问，都会记录下来并虚心请教。这一年多来，电缆隧道是小于待的时间最久的地方。看着他挥洒自如、指挥若定的样子，我仿佛看到了 20 年前刚进厂时的自己。

念好“防”字经

电缆安全运行，一防水、二防热。雷雨季节，因为水泵、自动装置故障或排水孔堵塞，电缆隧道经常积水。我和同事们只要下电缆沟，总会穿上长筒套鞋寻找堵点，并为自动监控装置做好“体检”。

2022年夏季，高温天气持续时间较长，我们加大了对电缆测温点检的频次，重点关注重要负荷、温度较高电缆的运行情况。五中央送二中央0号电缆最高温度超过60摄氏度，如不及时改善，将严重损坏电缆主绝缘，甚至引起“放炮”。我们为这条电缆沿途多处安装大功率风机进行降温，同时与生产室协调，将部分负荷转移，将温度降至43摄氏度。

电缆沟里钻多了，我们发现电缆安全运行还有一防，就是防小动物。过去各站所高压柜电缆是用防火包和防火泥封堵小动物，但存在封堵效果差和封堵周期不持久等问题，增加了停电检修频次，也增加了对小动物的防范难度。

检修班职工自己动手，将绝缘整板切割为与电缆符合的形状，为了确保贴合度，我们还自己从网上买来取型器，再用少量的防火泥进行加固封堵，密封效果又好又持久。

我清楚地记得，2022年11月18日，厂党政领导送了一封贺信到我们车间，让我们更加坚定了把供电系统稳定抓好的信心和决心。

（整理：杨琼 文字编辑：刘纲要）

扎根福建二十年

马文琰

“马经理，马经理，我们又中标啦，这可是一笔大单……”坐在办公桌前，我的思绪被业务员打断，又中标了！我对着业务员满意一笑，这只是我销售生涯中的一小部分。扎根福建市场已有二十余年了，回想当年，我还是一个初出茅庐的小丫头……

我被录取了

“孩子，你可要珍惜工作，好好干啊！”1985年我进入钢丝绳厂，父亲语重心长地对我说。

“爸爸，您放心，我一定为您争气！”我自信满满地回答。

“师父，这里应该怎么做？”“师父，让我来吧！”“师父，我想多练练……”进厂之后，我不遗余力地向师父学习。不管自己是不是女孩子，男同志干得我也干得，男同志干不得我也要干得！

“下班我们出去玩吧，去歌舞厅跳舞怎么样？”总有同事约我，我淡淡地摇摇头，拿起手上夜大的教材又读了起来。

1995年，钢丝绳厂实行市场化体制改革。原来的计划经济销售模式已渐渐没落，国内市场正发生翻天覆地的变化。钢丝绳客户不再被动接受分配计划，而是有了更加主动的话语权，钢丝绳厂开始有了竞争对手。“我们不能坐以待毙，要主动出击！”厂领导看到了危机，提出“我们需要一批业务人员跑市场、拓渠道、抢订单！”

那天，我看见厂里的通知栏贴着招聘销售业务员的启事。销售业务员？这个名词好新鲜。“难道我们国企的产品还用上门搞推销吗？”我心想，“但是，不失为一个崭露头角的机会。”抱着一分好奇，我报名了。

“你为什么要来应聘销售业务员？”面试官问我。

“我觉得这是一个新的机会，我想试试。”我如实回答。

“我们这个工作可是要经常驻外出差的，你一个女同志，要照顾家庭，能行吗？”

“没问题！”我想都没想就回答，“家里人很支持我！”

几天之后，厂里通知栏面前人头攒动，大家都在小声议论什么。我凑近一看，原来是“销售业务员”录取名单，我紧张地寻找着自己的名字，“王XX、刘XX……啊！”我惊叫着跳起来，我被录取了！

回到家，我翻箱倒柜找出一套亮眼的西装裙套装，蹬上高跟鞋，叮叮哐哐地迈入销售部，从此踏上新的人生征途……

感觉还不错

武汉，是我驻外销售的第一站。从工人到业务员，角色的转变让我感到兴奋。有一天，经理告诉我们要上门推销，我心里嘀咕着，有些紧张。

第一次上门推销，我在客户的办公室外面踌躇了二十多分钟，一直不敢进去。我在心里暗暗给自己打气，既然选择出来了，就不要害怕。

我紧张地敲了敲门。“进来！”里面传出中年男人的声音。

我推开门进去，一位胖胖的男人坐在办公桌后面，桌上堆着厚厚的资料。

我不敢看他的眼睛，脸红着，说话都颤抖：“王总……您……您好！我是湘钢钢丝绳厂的销售员小马，想请您了解一下我们的产品……”我的心在狂跳，好像要从喉咙口蹦出来一样，手里也是汗津津的，脸上发热。

王总温和地招呼我坐下，认真听我介绍湘钢的钢丝绳产品。

“小马，我对你们的产品有兴趣。先把资料放在这，我后续再和你们联系！”我高兴极了，几乎是飞着出了客户办公室。

没过几天，王总打来电话向我们订货。就这样，我谈成了销售生涯的第一单。第一次做销售，感觉还不错，我对着镜子，给自己一个自信的微笑。

渐渐地，我能够自信大胆地与客户交流了。我抱着一摞资料，奔走在武汉的大街小巷，推销湘钢的钢丝绳。周边的同事也被我感染了，纷纷做起“上门推销”。那几年，武汉钢材市场遍布我们的钢丝绳。

到更远的地方去

“走出去”的营销模式，让厂领导看到了希望，更看到销量提升带来的可观效益。

“我觉得这里可以设一个点……”

“沿海地区更应该设点……”

办公室墙上的地图前，领导们热烈讨论还需在国内增设哪几个

钢丝绳生产现场

营销网点，开设办事处分销产品。得知准备在福建沿海城市设立办事处，我这个在内陆省份出生长大的孩子，多么梦想到海边放声高歌。我毛遂自荐：“让我去福建吧！”抱着“不打下一片江山，无颜面对江东父老”的决心，我要到更远的地方去。

陌生的环境，陌生的人，背井离乡的我，顿时被厚重的孤独感所包围。虽然做了大量的市场分析，对下游客户结构也摸索了一些，但是还不够。在厂里为我们租下的“办事处”草草落脚，我开始漫长的调研走访。

在厂里的支持与指导下，我先把开拓市场的第一目标定为某老牌国企。这个老牌国企在计划经济时代用的钢丝绳都是由另外一家钢丝绳厂提供，合作长久，我们想“插进去一脚”，难度恐怕不是一般的大。

我抱着试一试的态度登门拜访：“您好，我是湘钢钢丝绳厂的销售员，我们的产品……”还没等把话说完，就被对方不客气地打断：“我们不会考虑你们的产品，你走吧！”一时间，尴尬、委屈、沮丧等等难受的感觉都涌上心头，我差点落下泪来，但还是强忍住了，面带微笑地说：“谢谢！”

“我就不信我做不到！”擦干眼眶里的泪水，我又继续上门，第五次、第六次、第七次、第八次，均以失败告终。我彻底沮丧，甚至怀疑自己的能力。难道，我真的啃不下这块“硬骨头”？我不知道怎样找到破解之策。

“小马呀，你找我们也没用，必须得采购部门的计划员刘工点头。她下计划要货，我们才敢换绳啊！”对方办公室一名好心的老同志告诉我。

我仿佛如梦初醒，惊喜地说：“你们刘工在哪里？麻烦您带我去见她！”

老同志意味深长地看我一眼：“她可不是那么好说话的，你要有心理准备。”

既然找到了破解之策，“明知山有虎，偏向虎山行”，何况，刘工再怎么也不是老虎吧。我鼓励自己，那股不服输的韧劲儿又上来了。

我守在采购部大半个月，没能和刘工搭上几句话。由于开发市场经费有限，我带来的资金眼见没有了，办事处还要交房租水电费，只能馒头就白开水度日。我看着手里的馒头，叹了口气。

这天，刘工瞥见我站在办公楼的走廊上，便走出来说：“小马啊，你还是别这么坚持了。快过年了，赶紧回吧，我们不会考虑你们湘钢钢丝绳的……”听刘工这么说，我知道年前这事儿肯定没希望，顿时黯然神伤。我与她寒暄了几句，便回办事处了。

推开办事处的门，我气呼呼地往沙发上一倒，眼泪止不住地流，想想这小半年的憋屈劲儿，老公孩子都不在身边，心里有苦也无处发泄，长途电话也不能缓解我内心的空虚和迷茫。

现在，一张回湘潭的车票都买不到了。我坐起来，拨通家里的电话，父亲在电话那头问：“快过年啦，啥时候回来啊？”一听这话，我泪如泉涌，哽咽着说道：“爸，我不想干了，我想回家，回厂里干活……”父亲沉默了几秒，道：“你做什么决定，爸爸都支持你。你想好了，销售没有回头路……”

那晚，千丝万缕的思绪涌上心头。“我想过什么样的生活？人生不应该拼一次吗？”噌地一下我弹起来，“再试一次，不行就回去！”就这样，那年春节，我留在了福建。

正月十五，我一大早就去“蹲守”，刘工踏入办公楼时，我笑脸相迎打招呼，她依然冷冷的。我跟着进了办公室，她忙活着下计划，我在旁边沉默地看着，不好打扰。回想已经在刘工这里“蹲守”了两个多月，到底值不值得？

这天，刘工把我叫进办公室。

“听说你过年没回去？”她张口问道。

“没……没有，刘工，我想请您考虑一下我们的钢丝绳产品……”我低声说道。

“我知道你不容易，办公室的同事也都把用绳的情况跟你说了，你跟我说说吧，为什么要用你们的钢绳？”

我一听，打起了十二分的精神，先是递上产品宣传资料，又介绍起我们湘钢的产品来：“刘工，感谢您抽出宝贵的时间听我说。首先，我们湘钢是大型国有企业，钢丝绳是我们深加工的主要产品之一，国内各大煤矿、钢厂都在广泛使用，在产品质量、技术装备、售后能力方面，绝对是可以信赖的……”

刘工听着听着，露出满意的笑容，给我泡上了一杯热茶：“小马，钢绳的事儿，你让你们厂里先发两根过来，我们试试……”我一激动，又不争气地流下了眼泪。1999年，湘钢钢丝绳厂正式跟这家老牌国企签订了采购合同，钢丝绳产品从此打开了福建市场的冰山一角，我也终于在这个远方站稳了脚跟。

占领“伞都”

钢丝绳只是我厂的主要产品之一，福建最大的市场当属钢丝市场，而钢丝是我们的优势产品。我有了大胆的想法：把钢丝也打进福建市场。

我那时东拼西凑，买了人生中第一辆车，想靠着它走南闯北跑市场。往返于晋江、三明、厦门多地后，我在晋江落下脚来。晋江市东石镇号称“中国伞都”，云集了几百家成品伞厂和配件厂，市场中主要是南通钢丝绳厂、贵州钢丝绳厂、上钢二厂、无锡钢丝绳厂、天津中北这几家供货方。晋江伞骨用的钢丝，都是来自几个台湾厂家，台商靠着先进的设备，长期垄断福建伞骨钢丝市场。辗转东石镇多个厂家，我盯上一家台商企业。

早上6点，我带着一个馒头和一瓶矿泉水守在他们厂门口，一见到有人进去，就连忙上前说：“您好，我是湘钢钢丝绳厂的销售员，能不能帮我引见一下你们老板？”他们都拿奇怪的眼神看着我，好像我是个骗子。这天，一个老板模样的人从轿车上下来，我连忙上去拦住他：“您好，请问您是XX公司的老板吗？”

他说：“我是。请问你是？”

“您好，我是湘钢钢丝绳厂的销售员，我想和您谈一下业务！”他狐疑地打量我一眼，我连忙递上我的销售证，他仔细看了看，和我说：“到我办公室来吧！”

钢丝绳直径检测

老板告诉我，他们是从钢厂拿弹簧钢丝，经过压延设备，制成“压扁钢丝”，用作伞骨。钢丝的需求量每年几万吨，我心下一喜，这是一个大市场啊！如果我们能为其供货多好！

当我仔细介绍了湘钢产品，这位老板说：“我们有稳定的供货渠道，而且，也没听说过你们企业。”

我面带微笑地说：“没有听过不要紧，我们和许多著名企业都有长期合作，值得信赖。”

听到这，老板眼前一亮：“既然这样，那你们的产品研发能力肯定很强，压扁钢丝用的 35K 原料一直是我们头痛的事情，质量不稳定不说，成本还不低，如果你们能依托钢厂的自身优势，给我们提供有质量保障的原材料，那我们乐意至极啊。请你们拿试制样品给我们！”

之后，我铆足全力跟进产品试制，开着我的小车，哼哧哼哧地带着业务员来回奔波，不管白天黑夜。仔细了解每一批产品的使用情况，听取客户的改进要求和建议，对任何一个细节都不放过。压延后怎么做到不开裂？怎样提高成材率？陪着客户在厂里和专业人员讨论技术问题，作为一个销售员的我，几乎又成了半个技术员。

就这样，我拿下了“伞都”市场第一单。由于前期对客户需求的透彻了解，加上我们过硬的质量，产品一经投放市场就得到好评。口口相传，镇上的几个老板纷纷联系到我，想与湘钢合作。就这样，我又争取到不少订单，从几家企业拓展到几个地区的企业，越做越大。2000 年，湘钢产品牢牢占据此地伞骨钢丝 80% 的市场份额。

患难与共

转眼到了2008年初，十年的营销工作，让我从“小马”变成了“马姐”。

大寒的节气，福建的街头也格外应景。以往的冬天没有这般冷，今年可真是个严冬。这天，我接到电话：“马姐，你们湘钢的镀锌钢绞线能年前送货吗？国网电力急需一批货物。今年气温比往年低，怕要提前准备应急物资啊……”

我一听，马上联系厂里，务必确保年前送货。谁知，大寒节气一过，福建南平、三明等地接连雨雪天，带有冰冻，经历了最严重的一次冰灾。电力电网设施遭到严重破坏，我的电话成了热线。“马姐，赶紧给我们送一批钢绞线来……”“马姐，请求支援……”“马姐，架空绞线还得再发货过来……”

本来准备回家的我，赶紧卸下一大堆年货，开上小车奔走于各大项目工地了解情况。冰灾来得突然又猛烈，我匆匆给家里去个电话，不能回去过年了。

天上下着冻雨，路上行人稀少。前方的路看不清楚，雨刷器一下一下地刷着落下的雨水，我冻僵的双手紧紧握着汽车方向盘。地面结冰，车胎打滑，我给车胎上了防滑链，这才能以20迈的速度缓慢前行。但我是急性子，哪里受得了“乌龟速度”，深踩油门，车子“刺”地滑出去，撞到路边的树上。我赶紧跳下车，急得像热锅上的蚂蚁。没办法，只得联系客户的货车，说了一大通好话，这才颠颠簸簸地坐上皮卡上工地。

电力电网设施损坏严重，工人们爬上数十米高的铁塔，徒手敲冰除雪。一些输电的高塔都被压塌，电线被压断，许多地方断电，情况十分紧急。我一来到工地，人们焦急地说：“马姐，我们这儿的电线都被冰雪压断了，急需你们的支援！”“马姐，你可来了，就等你了！”我抓紧记录电力电网损坏的情况，了解工地需要多少钢绞线报给厂里，又匆匆赶往下一个工地。

不知滑倒多少次，衣裤鞋子全部湿透，风一吹，感觉自己都冻成了冰棍，连眉毛也挂上了冰凌。我一刻不敢停下，不断到各个工地了解情况，紧急送货。回到办事处脱下衣服，身上摔得青一块紫一块。

冰灾期间，我及时给各个电力单位送上钢绞线，帮助他们修复电网，客户们都难以置信，我一个弱女子“战风斗雪”。湘钢牌钢绞线在福建的冰天雪地里遍地开花，工地的师傅们说：“马姐啊，你们湘钢真靠谱，帮了我们大忙！”

（整理：张娴 文字编辑：时代）

结缘“神宁炉”

李律日

2017 年底，湘钢被邀请参加“神宁炉”投产仪式，我作为工作人员，也到了现场。站在人群中，听到湘钢在表彰名单中，心情异常激动，泪水在眼眶中打转。

投产仪式的场面非常热烈，来自全国上百家供应商、制造厂的上千人聚集在这里，神华宁煤的领导当场宣读了习近平总书记的亲笔贺信，人群中掌声接连不断。

神华宁煤 400 万吨 / 年煤炭间接液化示范项目，承载着保障我国能源安全，实现煤制油技术完全自主化的重大使命，是世界上单套投资规模最大的煤制油项目。

在全国上百家钢厂中，被邀请参加“神宁炉”投产仪式的钢厂只有两家，湘钢就是其中一家。

等在门外

打开电视，湖南卫视《湖南钢铁·烈火真金》专题片正在讲述“神宁炉”项目。在宁东能源化工基地，“神宁炉”巍然矗立。看着电视机里高大伟岸的“神宁炉”，我的思绪回到了十多年前。

2011 年左右，公司板材产品经过几年的发展，在普板市场上已经有了一定影响力，但高端钢材领域基本还是一片空白，迫切需要进军。

2012 年的秋天，我调到技术质量部，主要任务就是参加公司品种钢以及钢锭生产特厚板的开发、销售。在这之前，要是有人问我“什么是钢锭？”我肯定回答“不知道”，因为之前没见过。

那一年，湘钢的钢锭生产特厚板工艺刚刚开发成功，还没有客户。为了找到销售渠道，我们就去国内品种钢和特厚板产品的老牌企业所在地找客户，围着那家钢厂代理商聚集的地方四处打听。住在 68 元一晚的烂尾楼里，一住就是 20 多天。每天拿着网上搜来的信息，去推广湘钢的品种钢和特厚板。

虽然偶尔也会有成交，但总是让人快乐不起来。湘钢用心生产、交付的钢材，被代理商贴牌成另外一家钢厂的产品，高价卖到市场。产品我们生产，钱被别人赚了，湘钢的品牌影响力上不去，非常苦恼。

转机，往往就在一瞬间。

一次，我打开网页，搜索国内重要的煤化工项目，一条项目信息引起我的注意。“神华宁煤建设世界上单套投资规模最大的煤制油项目……”看到项目介绍，我一阵欣喜，心想：“这不正是我们想要的大项目吗？”如此重大的项目，也引起了湘钢上下的高度关注，大家开始寻找项目的切入点。

我国作为少油多煤的国家，石油严重依赖进口，威胁国家能源安全。然而，我国煤炭储量较大，如果能将煤炭液化，将有效保障我国能源安全。基于这个现实国家决定，神华宁夏煤业集团建设全球最大单体煤制油项目，推动煤炭清洁高效利用，增强我国能源安全。同时，依托这个项目，突破煤制油技术自主知识产权。

在研发“神宁炉”之前，国内大部分煤制油设备和工艺生产线都需要从国外进口，技术封锁严重。神华宁煤引进了一套日耗煤2000 吨的外国品牌的 GSP 气化炉，存在一大堆问题，烧嘴点火成功率低，投煤不稳定，煤粉流量波动大，气体带灰多。

为了解决这些问题，神华宁煤专门请来外国最顶尖的气化专家，但工艺技术不成熟和设计缺陷带来的问题终究没能彻底解决。更让人出乎意料的是，中方提出的改造建议，遭到对方的极力反对。这件事让神华宁煤暗下决心，必须研发一套中国人完全拥有知识产权的煤制油工艺。

“怎么打入这个超级工程？”我们苦苦思索着。一个偶然机会，我们从一家设计院得知，神华宁煤项目指挥部在北京。得到消息，公司派我们赶往北京，想与指挥部进行接触。

每天，我们从北京二环的总参三所换乘 3 条地铁线抵达安定门，再步行到神华宁煤项目指挥部。老式的办公楼里挤满了人，在办公楼层，我们到每个办公室去逐一拜访。

“张总，这是我的名片，我们是湘钢的销售人员，能占用您几分钟时间，向您介绍一下湘钢的板材吗？”

“没听过湘钢啊！”

当时，公司特厚板的市场销售业绩一片空白，给指挥部的人介绍湘钢，他们表示不知道国内还有这样一家钢厂。我们就耐心地向他们介绍公司五米宽厚板生产线装备有多么先进，公司的产品质量保障有多好，等等。

金秋十月，北京八达岭长城层林尽染，秋意渐浓。在北京待了那么长时间，每每想起八达岭上的秋色，心中无限向往。但回过头想想还没着落的项目接洽，也就没了心情去欣赏。

迎着和煦的秋日阳光，我们决定去神华宁煤指挥部拜访项目总指挥。指挥部人来人往，我们穿过人群，来到项目总指挥的办公室，

神宁炉

门紧闭着，一问才知总指挥当天出差在外。来都来了，总要和相关人员见上一面吧，我们临时决定拜访一下项目采购的管理人员。

趁着他接待的间隙，我挤进办公室，询问能不能给个介绍的机会。他同意了我的请求，要我们排队等候。门口的人越来越少，终于等到最后一个，这位管理人员抬抬手，看了看表，不好意思地说："马上有一个重要会议，会后我们再谈。"

我们只得等在门口。快下班的时候，对方返回办公室。我俩已经等了半天，尽管又渴又累，却是欣喜若狂地冲进他的办公室。不过，从递名片到介绍湘钢产品，前后不过两三分钟，这位管理人员又忙别的事去了。

为了找到突破口，我们都会赶在客户上班之前来到他们的办公室，顺道聊上几句，拉近一下关系。趁他们午休再寒暄几句，顺道问点招标相关的信息。

那年的秋天就这样过去了，没有什么收获。

闹了笑话

2013 年，激动人心的消息从北京传来，神华宁煤项目部邀请湘钢参加一批板材的招标。听到这个消息，项目组成员沸腾起来了。虽然只是邀请，但代表着湘钢有了参与这个项目的机会。

"神宁炉"项目采购招标的这批钢板属于临氢钢，当时国内只有一家钢厂能生产这种钢材，其他供应商全是国外钢厂。按照钢材尽可能国产化的要求，国内只有一家钢厂符合条件，项目部认为这样风险太大，需要另外引进一家国内钢厂。正是我们前期坚持不懈地自我推荐，他们想到了湘钢。

招标过程中，我们想拿到那些生产难度小、用钢量大的订单。

恰恰相反，神华宁煤把最难生产的那部分订单给了湘钢。给出的理由是，你们不是说自己装备好，质量有保证吗？把最难生产的拿下，证明一下自己。

湘钢接单的这批钢板，每块厚度 14.7 厘米，宽 1.7 米，长 16 米，单重超过 30 吨，价值 60 多万元。

订单接下来了，但大家心里没有一点底。在这之前，湘钢没有生产过临氢钢，品种钢也才刚刚起步。一下子接到如此大难度的钢种，“压力山大”！情况确实很难，但没人退缩。

我们开始了艰难的工艺摸索。

以现在的眼光来看，当时摸索出来的很多生产工艺，非常原始和笨拙。

这批钢材要求磷元素和硒元素的含量要低于某一个限值，公司日常控制水平与客户要求相差 80%。因为没有相应的生产经验，就用最笨的办法，从配矿开始，选用最好的矿冶炼铁水，控制这两种元素的含量。

这种方法，天然存在两大问题：一是精选的矿石价格贵，成本很高；二是综合协调成本非常大。什么时候炼铁，什么时候炼钢，工艺技术人员都要全程跟踪协调。办法虽然原始，却很有效果。最后，磷元素和硒元素含量得到了控制。

后面环节碰到的问题更多。项目部提出的模拟焊后、钢板头尾取样等要求，大家都是头一次听说。提出的一些技术要求，国内也是空白，没有地方可以借鉴。

为了轧好钢锭，生产现场运用大压下技术，所有设备极限运行。尤其是热处理环节，当时公司热处理炉最厚能处理 10 厘米的钢板，但这批钢板厚度达到 14.7 厘米，增加了将近一半的厚度，远超热处理设备的能力。

销售、技术人员经常守在现场，共同研究这些棘手问题的解决办法。热处理炉的冷却能力不足，就把钢板的生产安排在中夜班，利用晚上水温降低的特点，提高钢板的冷却能力。

因为没有经验，还闹出过笑话。

“头尾取样检测效果怎么样？”我打电话给杨工，询问试样的检测结果。“别提了，结果出不来了。”我一听他的回答，心里就急了，费这么大的劲，出不来结果，怎么回事？原来，岗位人员按照老套路，把从钢板头尾分别取的样不加区分，直接混在一起送到物理检测室。检测结束，查看结果才发现，谁是头、谁是尾分不清，一系列工作白做了。

“为什么在取样的时候不区分一下？简单做个标记的事情，要费这么大的劲。”有人问。

“没有相关的工艺流程作支撑，简单流程也要付出代价。”我们反思闹出这个笑话的原因，得出结论。

这件事看来好笑，但当时处于探索期，任何工作推进都非常不容易。在模拟焊后性能检测时，什么时候热处理，什么时候试加工样，没有具体工艺，每个节点都需要重新摸索。

不只是新指标，常规检测指标也有很多，例如模拟焊后前、模拟焊后后、高温拉伸、低温冲击等性能，一块钢板需要检测 20 多个试样。检测过程中，经常是缺这个试样，少那个试样。

能否帮忙

经过 3 个月的艰难研发生产，首批钢板交到客户手里，客户非常满意。这次圆满交货，给神华宁煤留下了良好印象。双方高层有了互动，公司领导多次到神华宁煤走访。

电话铃响起。“李总，看你们能否帮忙，我们需要一批紧急交付的钢材，湘钢能在 20 天内交货吗？”

“没问题，把具体的需求给我们。”

2013 年底，神华宁煤项目部副总指挥打来求助电话。公司没有任何犹豫，直接答应了请求。

作为国家战略级项目，党中央高度重视。习近平总书记亲自视察了“神宁炉”项目的建设情况，极大振奋了项目建设团队。为确保如期完工，所有建设时间节点全部提前。

作为基础材料，钢材能否及时交付，对于设备制造厂追赶进度至关重要。这批钢材涉及多家“神宁炉”设备制造商，单个设备制造厂的钢材订单量最多有几千吨。为解神华宁煤的燃眉之急，公司启动绿色通道，特事特办。

由于时间太过紧急，部分钢材供货合同还没来得及签订，只凭需求清单就开始了生产。经过大家共同努力，原本需要 60 天才能交付的钢材，湘钢在 20 天内完成了供货。

这次紧急交付，让神华宁煤对公司充满感激。“感谢湘钢解了我们的燃眉之急……”“再次感谢湘钢在关键时候帮忙……”在之后的数次交流中，神华宁煤的领导在开场之前，都会首先对湘钢表示感谢。说的次数多了，我们自己都有些不好意思。

有了这次经历，我们和神华宁煤的合作顺畅了很多。因为两次成功供货，神华宁煤项目部又将湘钢纳入了核心设备“神宁炉”的供货名单中。

其实，真正的考验才刚刚开始。

2014 年，在“神宁炉”封头用钢的招标过程中，神华宁煤将一批宽度在 4.3 米以上的钢材订单交给了湘钢。那时，公司虽然具备轧制 4.3 米以上宽度钢板的能力，但后续工艺处理还不明确。

很多事，就是考验你敢不敢干、敢不敢去尝试。既然传统的路子走不通，就创新工艺。按照公司的安排，我和项目组成员去走访“神宁炉”封头设备制造厂商，从他们的设备制造工艺上寻找突破口。

我们用反向思维，先了解设备厂制造封头的具体工艺，针对实际使用情况，再确定湘钢钢材的各项参数，按照设备厂的工艺特点，设计合适的钢材出厂性能，经过制造厂的正常加工制造和工艺处理，钢材性能完全满足要求。用我们湘钢自己设计的钢板使用工艺，指导制造厂进行设备制造。

湘钢设计的这项新工艺，打破了当时国内生产这类钢材的宽度限制，成为国内宽幅钢板生产的一大突破。

说到做到

神华宁煤 400 万吨 / 年煤炭间接液化示范项目，核心设备“神宁炉”共有 28 台，其中 24 台使用了湘钢钢材。从 2013 年开始，公司为这个世界级项目总计供应 8 万多吨钢材，涉及钢种 10 多个，湘钢钢材制造的设备达到上百台套。

作为一家中途参与进来的钢厂，神华宁煤为何能给予我们如此高的信任？一方面是因为湘钢有过硬的供货业绩，另一方面是神华宁煤对湘钢文化的极大认同。

在交流中，神华宁煤的高层领导表示，在与湘钢合作过程中，他们发现两家企业有很多共同特性。神华宁煤致力于我国煤制油工艺的自主创新，湘钢的企业使命中有“精品强国”，两家企业都有强烈的社会责任感，员工都有面对困难不退缩的精神。

在“神宁炉”项目中，有一件事让我记忆犹新。神华宁煤指挥部给公司打来电话，他们有一批 6000 多吨的球罐钢板，需要做 TOFD（超声波衍射时差法）探伤，询问湘钢能不能接单。

TOFD 探伤是针对设备的检查，钢厂生产的钢材出厂没有这项要求，公司没有相关的探伤设备，也没有相应生产经验。按照常理，完全可以拒绝，神华宁煤指挥部也认为如果太困难可以放弃。

但公司决定，不怕困难，迎接挑战。一边购买探伤设备，一边组织人员培训、取证。短短的 90 天，湘钢就具备了 TOFD 探伤的条件。按照新要求，公司对每块出厂的钢板进行检查，合格率超 96%，顺利交付给客户。

在一次湘钢召开的行业技术交流会上，讲起这件事，来自各大设计院的专家表示难以相信。作为钢厂完全可以拒绝这种“不合理”需求，但湘钢却做到了。他们对湘钢能够不断自我突破，表示赞许和信服。

高手过招

“神宁炉”项目投资将近 600 亿元，全国有 100 多家知名设备制造商，涉及 10 多家专业权威设计院，全国化工领域重要的设备制造商、设计院广泛参与。为了给“神宁炉”项目钢材设计出生产和使用工艺，我们与这 100 多家设备制造商和 10 多家设计院建立了良好的合作关系，而在这之前，湘钢只与其中不到一半的设备供应制造商建立了联系。因为“神宁炉”项目，湘钢钢材的使用厂家又增加了 50 多家，这为湘钢后期拓展钢材销售渠道提供了非常大的帮助。

销售渠道扩展是一方面，最重要的是在生产、供货钢材的过程中，工艺参数、工艺流程、性能研究的突破，加深了工艺技术人员对高端钢材的认识，为今后湘钢进军高端市场蹚出了一条新路。

细细回想起来，如果当时因为没掌握生产工艺、不具备客观条件等原因不去参与“神宁炉”项目，哪能一下子增加几十家钢材销售渠道，哪能深刻掌握高端品种钢的生产、交货等流程。正是因为大家敢想敢干，不怕困难，敢去迎接风雨的这股奋斗精神，才有了湘钢在高端钢材领域的市场地位。

参加重点项目建设，不单单是生产钢材那么简单，项目本身的高要求、严标准，会带动企业整个研发系统、生产系统以及质量管控水平的大幅提升。湘钢的板材产品能够站稳国内第一梯队，与我们敢于与高手过招、敢于自我挑战密不可分。

后记

湘钢行政中心展厅里，展示产品模型的橱窗里，放置着一件激光雕刻的“神宁炉”项目模型，精致而美丽。

每每客人来访，公司领导都会指着这个模型介绍一下当时的情况。它就像一座丰碑，记录着湘钢人进军高端钢材领域的奋斗足迹。

今天，湘钢人依然奔跑在成为世界一流企业的路上。那些经历的故事，无论时光如何变迁，永远激励着我们努力向前。

（整理：王班勇　文字编辑：王班勇）

戈壁滩上的胡杨

刘臻玮

“你们公司的管子拍片显示焊缝有问题，我发给你，你们看看什么情况，后面的管子发运全部暂停……”

壬寅年的中秋，南方还是火辣辣的一片，副热带高压死死地顶住来自漠北的冷风。

老杨挂断电话，举起手机，模模糊糊看到“3 ∶ 00”。他默默起床，开始收拾行李。与其说是收拾行李，不如说就是简单地把行李箱里常备的衣物和用品再清点一遍。问题就是命令，一刻不容耽搁，这已经成为一种肌肉记忆，行李箱就是他的老伙计。

老杨其实不老，才三十六七的年纪。也许是人比较瘦削，又有些过早地谢顶，加之一年四季总有两百天以上在外出差，甚至四五十天也难得回家一趟，奔走于各个工程项目的野外工地，风吹日晒增了几分沧桑，他显得历练老成。

“嗯，充电器带了”——老杨嘟囔了一声。他简单地洗漱，提起行李箱，万般不舍地关上家门，也不记得多少次是这样星夜出发。

在西气东输现场服务

拍片阴影?

大约 24 小时后，老杨已经抵达 3000 公里外的玉阳关镇。

玉阳关镇地处河西走廊要冲，唐时乃朝廷驻兵屯垦西域必经之地，现如今是国家级油气输送大动脉的节点，管线总长近 4000 公里，胜利湘钢负责其中 900 公里管线的供应。同时，这里也是项目业主驻地，多条东西走向的油气管道必须通过该镇汇集，一旦管道出现问题却又不能在西伯利亚冷空气大举入侵内地之前解决，影响将是全局性的。

“你们说三标段管子没有问题，是焊缝周边的浮锈或者杂质导致的拍片阴影？但如果真是焊缝有问题，你们的全部管子都要挖出来退货，你们担得起吗？”监理平淡地把头转向老杨问道。在老杨耳中，这不啻是一种责备，更像是宣判。

“我们的技术员已经出发，明天将抵达现场，我建议继续发运、继续敷管，同时请第三方鉴定机构重新鉴定。我们将对所有钢管做出书面质量保证，如果出现问题，我司不会推卸责任。”

直缝焊管在码头起吊装船

河西走廊万里晴空，大风呼啸着扫荡戈壁滩，却扫不走凝结在老杨眉头的惨淡愁云。此时的老杨，就像是戈壁绿洲的胡杨——但绝不是这个季节的胡杨，而像是冬季落叶后兀自挺立的胡杨。阳光，在他头上打出一片高光。

舒展的心情

“你快来吧。”电话这边，是老杨焦急的声音。

“我明天就到肃州，你到机场来接我。”电话那边，技术员跟他说定。

老杨挂断电话，和监理上车驶向三标段。施工队驻地位于祁连山以北、弱水以南的一个小绿洲旁，距离玉阳关镇 250 多公里，其中还有 80 多公里在戈壁荒滩之上。施工队管辖着三标段西北—东南 100 公里的输送管道敷设，队部恰好位于中间点。

与其说是施工队驻地，倒不如说是三四个集装箱拼凑成的简易工棚，由两株倔强的胡杨歪斜地守护着。一泓浅浅的泉水，倒映出集装箱的蓝白两色和胡杨叶的金黄。

“蓝白盒子”旁，柴油发电机轰鸣，维持着驻地人员和设备的基本用电。咆哮的风撕扯着集装箱上的几扇小窗，噼啪作响，窗外则是一条伸向天边的、由推土机推出的 80 公里土路，路旁有三四台吊车和挖掘机摆着不同的姿势，一动不动。一条与土路平行的坑道，一同伸向天边。

老杨和监理循着这条“疑似路”，用了三个多小时颠到这里，屁股生疼。

进屋，坐定。监理递给老杨一个馕，那焦黄的饼已经冷硬得闻不到一丁点小麦的香气，密集的芝麻镶嵌在馕的一面，就像它本身就长在馕里一样。

老杨摆了摆手：“谢谢，吃不下。”

“老杨，你知道为啥这么冷，我们还是要把窗户对开一条缝吗？”监理避开管子的话题，“如果不对开，风就要把这遮风挡雨的箱子刮走咯。”

监理无奈地笑着，老杨也不作声，心里藏着彼此都知道的心事，筹谋着如何解决当下的困局。他从背包拿出水杯，嘬了几口，干裂的嘴唇才稍有一些湿润。

“我出去抽根烟。”老杨抿了抿嘴。

“外面塘土杠冒（尘土飞扬）的，又冷，还会刮沙尘暴，你小心被风吹走。”

精瘦的老杨，打开那扇被风刮得有些扭曲的门，粗砺的沙石扑向“蓝白盒子”，也扑向他，脸生疼。他眯着眼睛，关上门，从羽绒服口袋里摸索出打火机，但怎么样也点不燃那支“黄芙蓉”，只得用力前倾着身体，挡着袭人的阳光和飞沙走石。他紧闭嘴唇，索性向埋管子的坑道那边蹒跚走去。

对着坑道边那根管子，老杨来来回回觑了又觑，敲了敲，摸了摸——从管端预留、坡口到焊缝余高，再到防腐层外观——每一处关键点都检查了个遍。

“没问题，肯定是浮锈和杂质，或者是尘土。”他默念着，额头上略显拥挤的皱纹稍稍舒展。

老杨佝偻着背，哆嗦着，快步跑进“蓝白盒子”里，抖抖身上的灰，一边把登山鞋翻过来，嘴唇颤抖着说：“从片子上……看，阴影部分看似点状，但大小……并不……均匀，看起来有不同程度的片状和块状，首先就可以排除是未焊透和……未融合的问题。”他把手伸向“盒子”里的“小太阳”烤了烤，继续说道，“由于现场风大，拍片很难避免灰土和沙石覆盖在管端焊缝表面，我试了一下，拿手指把焊缝部分擦干净，风马上会再吹上一层沙。那么，要复查，就需要保证拍片位置是干净的。”

“原片已经送往检测院去复查，他们也会派人到现场来重新拍片。那根有疑问的管子肯定不能埋，至于施工进度问题，明天继续。但在检测院出具最终结果之前，要是拍片再出现问题，必须停工并且将上报国家管道局，问题就会很大了，你们要做好心理准备。”监理把那张 A4 纸打印的复印件郑重其事地向桌上一拍，如法官敲响法槌，宣布休庭。

“那就先这样，我明天要接技术员，就先回玉阳关镇了。”老杨伸出手，递给监理一颗槟榔，转身离开小屋，开着租来的小“宝来”，一路风驰电掣驶向 300 多公里外的肃州机场，速度就如舒展的心情，80 迈。

胜利湘钢吊车一瞥

服务就是交心

之后几天，技术员和老杨每天天刚亮就出门，往往要深夜方才回到玉阳关镇的小宾馆，每天行驶在看似平直又起起伏伏伸向天边的国道和月球表面一般的戈壁滩上。收音机开了又关，收不到信号；关了又开，只想确认这孤独的行程是否还有现代生活的回音。

老杨左手握着方向盘，很用力，怕飞沙走石把车击倒，又或是害怕时不时的一阵横风把车刮跑。他右手夹着一根“黄芙蓉”，打了一个哈欠，火红的烟头忽明忽暗。老杨伸出右手的大拇指，指向车前窗外的远处，微微侧向副驾驶，向技术员喊道：“你知道吗?

目前国内最大口径的城市给水管道——3PE（三层聚乙烯）螺旋焊管装车发运

以前当兵的时候，除了放气球，我还能用大拇指目测前方距离我们有多远，我儿子也会。”他喊这句话的时候，嘴角弯成一个月牙，眼角却挤出几道皱纹。

“你们家那‘卡姿兰美男’小小杨，这次怕是要再过一个月才能看见你了吧？”

老杨停顿了一会儿，然后继续喊道：“干售后的，经常这样，习惯了就好，我们不怕苦，也不怕累。在戈壁滩上，有时候吃沙子都能吃饱。一天下来，衣服里常有几斤重的沙子。哈哈，但只要能解决问题，这就是最大的成功。”他激昂的语调，抵抗着车内巨大的噪声。

“其实，售后服务就是和人交心，你要懂技术，更要理解对方，要和业主、施工队、中转站、监理交朋友，只有这样，你才能让他们打心眼里信服。人心都是肉长的，他们这环境也很苦，我们和他们不是对抗关系，要能从对方的角度考虑，替他们解决问题，解答他们的疑惑，还要顾及对方的感受，要懂策略。其实，到玉阳关镇的第一天，我就确信不是我们的问题，很有可能就是拍片的失误。”

“但你为什么不当场说出来？”

“那个时候，业主、施工队、中转站、监理都在现场，我要是据理力争，很有可能让对方认为我们是推卸责任，情况就会复杂化。”

“带片胡杨叶给小小杨”

技术员到肃州的第二个周末，得到检测院的消息，确定不是管子焊缝的质量问题，印证了老杨在“蓝白盒子”里的判断，施工照常。技术员也结束任务，第二天就要离开这荒凉的塞外，返回。

夜色清朗，银河像一条绶带挂在天穹之上，似乎比以往更绚烂；戈壁滩上一簇簇稀疏的沙棘，被汽车远光灯照亮，迅速从车窗外遁去，前方的又步步紧逼。老杨机械地扶着方向盘，送技术员去肃州机场。“这十几天辛苦你了，兄弟。又是给甲方解答技术问题，又是磨管子，修补防腐层。等我回去，请你吃米粉。这片胡杨叶子，你明天帮我带回家，给我家小小杨吧。”

（文字编辑：胡佩生）

十万罚金

海山

事情过去了很多年，现在回想起来，无限感慨。多年以后，有人曾半开玩笑地和当时主管销售的公司领导说，你是怎么开口问媳妇要那两万块钱的？从家里带钱交罚金，前所未有啊。但事情确实是发生了，就因为那起质量事故，十几个人从家里拿现金到公司财务交罚款。

一笔自罚款

2013 年 5 月 31 日，公司财务部的工作人员接收了一笔 2 万元的转账。这笔转账很特殊，是一笔自罚款，来自公司主管销售的副总。随后的一段时间，技术中心、质量部和炼钢厂相关人员，相继向财务部缴纳了 3 万、2 万不等的罚款，这些罚款分到各单位的各级管理人员，每人 800 到 6000 元不等。罚款总额 10 万元。

2013 年，正是湘钢十分困难的时候，公司效益很不理想，市场创效压力非常大。当年影响公司效益的原因有很多，有市场原因，也有自身产品赢利能力不强的问题。公司当时一直在提转型升级，但高精尖的品种非常少，一些人对产品质量的认识水平也不高。

炼钢浇铸操作

“十万罚金”事件，推动了全公司质量意识的大转变。

事情要从2013年4月23日说起。这天，生产厂在冶炼一炉冷镦钢时，由于连铸保护浇注不到位，导致钢水中的铝元素大量流失。钢水在出精炼站前没有再次取样检测，问题传到了下道工序。在取样检查钢坯质量的时候，发现铝含量与要求相差甚远。

那时，公司处理这类质量事故，有非常成熟的制度流程，出现存在质量问题的产品，处理结果不外乎判废、降级、再利用三种。所以，当质量部质检员发现这批冷镦钢性能不合格的时候，就将该炉钢浇铸的45支钢坯作了判废处理。事故发生以后，多个部门共同召开事故分析会，明确了事故原因。大家觉得，100多吨的钢材如果全部判废，非常可惜，得想办法为公司挽回一些损失。几个相关单位的主管私下商量，认为这批钢材可以作再利用材处理。

于是，生产厂找了技术中心，让技术中心寻找一家客户，让步

现场抽查实物质量

接收这些产品。出于减少公司损失的立场，技术中心的相关领导根据产品质量情况，找到了一家愿意降级接收的单位。组织轧制后，这批存在质量问题、原本被质量部判为废品的钢材，降价卖给了客户。

标志性事件

一次，主管销售的公司领导走访这家客户的时候，客户抱怨这批钢材成材率太低。主管销售的公司领导当时一愣，自己不知道这件事啊！这么大的质量事故，公司主管领导居然不知情，问题钢材就已销售到了客户手中。主管销售的公司领导非常生气，把明知道有问题的产品卖给客户，违背了公司的营销理念，也反映出公司部分员工严重缺乏质量意识。

如何让这起事件当中的“关键少数”牢记深刻教训、树牢质量

铸机中包成品取样

观念？他想起了“重典治乱，猛药去疴”这句话。必须从自己做起，带头承担责任，带头痛下决心整改！于是，他带头自己罚自己的款，主动向公司财务缴纳了 2 万元。看到公司主管领导主动缴纳罚款，技术中心、质量部、炼钢厂等单位的相关人员纷纷意识到问题严重，也主动向公司缴纳了罚款。

其实，按照当时一些人的想法，产品虽然出了问题，但如果和客户协商好，处理了就行，没必要如此大动干戈。大家的意识里，客户愿意低价接受问题产品，湘钢也减少了判废带来的损失，各取所需，再正常不过了。

然而，领导带头主动自我罚款，打破了这种固有认知，人们在思想上产生巨大触动。一起大家看来普普通通的质量事故，成了湘钢走精品路线的标志性事件，预示着湘钢质量导向的大转变。公司的精品路线怎么走？这起质量事故为全体员工找到了答案，就是要严控质量，从最基础的产品质量控制环节做起，不制造缺陷、不隐瞒缺陷、不传递缺陷，持续提升产品品质。在这之后，问题产品坚决不能出厂，“质量停机”等一系列严控质量的重磅规定相继出台，员工的质量意识产生质的飞跃。

一条不归路

有位湘钢老领导说过，湘钢实施精品战略是一条不归路，也是一条不得不走的路。产品质量是我们企业的立命之本，丢了质量就是丢了自己的饭碗。能不能制造精品，关键就看能不能把产品质量做好。质量强企之路，是湘钢成为“百年老店”的必由之路。

从后来公司产品的不断升级来看，湘钢板材综合品种制造水平稳居全球前列，在造船、工程机械、海洋工程、高层建筑、桥梁、压力容器、能源重工等多个行业享有盛誉，产品供货神华宁煤项目、港珠澳大桥、亚马尔项目、阿布扎比国际机场等国内外重大项目，这一系列成绩，都是公司不断提升产品质量、持续升级质量文化的结果。

如今，湘钢越来越重视质量，明确质量、安全、环保要求是生产经营的“三条红线”，谁都不可逾越。

（文字编辑：王班勇）

钢城“一把守”

张佟

“好消息，佟子！上午接到武装科的通知，你被湘钢保卫处接收了。”爸爸下班回到家，很兴奋地对我说，“明天上午 9 点，你去报到。”

“嗯，这么快就确定了？”我 2011 年 3 月从部队退伍，在家

保卫人员在厂区正门进行换岗交接

等待工作安排。

“听张科长说，按照国家政策，这次湘钢接收了一批复转军人进厂。咱儿子高高大大，一下子就被张科长看上了，说要留在保卫处。”

我妈很高兴：“这可真好，一直就惦记着这件事。听见没儿子，上班后一定要认真工作。”

我拿着相关资料和证明去湘钢保卫处（武装部）报完到，就是湘钢正式员工了。脱下军装，穿上保卫制服，心里也是很激动。

保卫处是个准军事化单位，对警容警貌、站标准岗等各方面的要求和部队里基本一致，我适应得很快。上班不到半年，调到门卫大队北门中队执勤，成为十里钢城“一把守”。

抓获“灰脚猪”

企业蓬勃发展，引来一些宵小之徒的觊觎。2019 年 4 月 8 日，清明假期刚过，在处里的横班会上，生产保卫科谢科长传递来自岳塘派出所的信息：一个以绰号“黑皮”为头目的盗窃团伙近期流窜到湘潭，处里要求各科队提高警惕，加强巡逻值守，加大与各生产单位的信息互通，随时向指挥中心汇报突发事件的情况，不给犯罪分子可乘之机。

4 月 9 日早上，负责治安的祖哥召集相关人员开会，准备成立一个小组，结合手里已有的线索，对工厂站这个易发案的地方实行“夜间蹲守行动”。我立即报名参加。当天，五人小组成立，由祖哥带队。

“佟子，你没参加过这样的行动，就跟我一个小组吧。”分工会上祖哥对我说。

“嗯，要得。祖哥，还有哪些要注意的事项？”我问道。

“所有人在蹲点值守的全过程，手机保持静默，开启执法记录仪，对讲机不使用时要关闭，关键时候才能打开手电筒。”

“晚上吃饭不准喝酒。这几天的天气预报是多云转阵雨，但夜里气温还是很低，要多穿点衣服，最好准备点暖宝宝御寒。”

“军哥和昊子一组，两组交替蹲守，亮哥负责随时联系指挥中心和岳塘所，有需要就进行监控查看，其他时间负责后勤保障。”

军哥说：“军大衣可以再拿出来，夜里用得上。”

入夜，祖哥带着我来到工厂站边上。这里是货运火车进入湘钢厂区的交汇地带，有几个便于偷盗分子躲藏的地方。保卫处巡逻车每次经过这里，都要向指挥中心报点。

我和祖哥选了一个隐蔽点，严密观察周围动静。天快亮的时候，两个人都感到春寒料峭，手脚有些僵硬麻木，但是没发现有用的线索。祖哥安慰我：“这种守株待兔的方式，经常是会扑空的。咱们搞保卫工作的，宁可十防九空，不可人为疏漏。”

第二天白班，有生产单位的职工向指挥中心报警：施工用的光缆，在敷设的前一天有被破坏的痕迹。亮哥守在监控室，查看该区域前后三天的监控记录，包括两个主监控加上附近区域路口的四个监控。指挥中心关主任临时调集休班监控员，一起帮着查看。大家瞪大着眼睛不说话，一段一段、一帧一帧画面地查找，室内只有一阵阵的键盘鼠标敲击声。

“快过来，看看这段录像有没有用？”监控员湛姐的一句话，打破监控室的宁静。

大家围了过来，只见屏幕定格在 6 日凌晨 3 点 17 分：附近区域朝东的路口，一个身穿雨衣，肩上扛着长条状物品，右手还提着一个箱状物品的男子出现在画面里。经过视频回放，关联其他监控画面，这名男性及一辆牌照清晰的摩托车被锁定。亮哥立即联系了派出所周所，协调查找和问询此人。

10 日晚上，第二组蹲守继续，依然没有收获。

经过警企协作，11 日下午找到了监控画面里的刘姓男子，反复查证后确定，他是利用下雨的晚上出来搞鳝鱼的，监控画面里他携带的长条状、箱状物品均为捕鳝用的工具，和电缆偷盗无关。

到 12 日早上，三天的蹲守行动结束，五人组没有取得战绩，重新回到各自岗位。但在横班会上，生产保卫科赤哥仍然强调要提高警惕，保持巡逻巡查力度，形成高压管控的态势。

14 日，我出白班回家休息。晚上吃饭的时候接到祖哥电话：今天下午在厂内抓获一个绰号“灰脚猪”的惯偷，跟“黑皮”是一伙的。原来，王调度长巡视监控画面时，发现有人正在“小三八”围墙段攀爬入厂，立即呼叫相关人员进行拦阻、支援，利用行踪监控和对讲机，把“灰脚猪”一前一后堵在北门地磅房附近将其抓获。经岳塘派出所审讯得知，这伙人听说湘钢现在技改施工项目多，容易下手，打算偷一批电缆铜线或者合金变卖。但是，晚上被湘钢的保卫看得死死的，没办法下手，就想利用中午钻空子，爬进厂里踩点，谁知被抓个正着。岳塘所干警连夜行动，将“黑皮”“灰脚猪”为首的四人偷盗团伙在一家小旅社擒获。

老兵？还嫩着呢

2020 年，我在保卫处工作的第 10 个年头，湘钢厂区的各处“咽喉要道”都留下我执勤站岗、巡逻查验的身影。多岗位历练，我觉得已经是保卫战线的老兵了。

门岗执勤中，重要的工作是查验进厂车辆、人员的有效证件，查验出厂车辆、人员的携带物资。刚到门卫大队工作时，我从拦停车辆的手势、站位开始学习，到如何辨识入厂证件真伪、判断车胎压在路面的齿数与载重量的关系，很快就可以执行独立查验任务。

8 月的一个白班下班高峰期，我负责查验出厂端。一辆白色小车在面前停住，我示意司机落下车窗或开启车门。只见车尾厢缓缓打开了，我走到车尾处，尾厢里没有异常，于是我再次提醒司机开启车门。他对我说了一句：“你怎么这么多事？”“师傅，我是按规定查验，请你理解配合。”对方依旧没有打开车门，并想启动车辆驶离门卫。我随即上前拦停，由于现场噪声嘈杂，加上车辆开启空调后车窗是关闭的，我大声说道：“师傅，请开启车门，请开启车门。”双方就此僵持起来。

在入厂端查验的刘队看到情形，立即过来和我进行位置互换。他将车辆引导至路边，司机落下车窗，向刘队投诉我讲话声音太大，又没有礼貌。刘队没有和他争辩，而是例行检查车辆后，让其驶离现场。

班前班后交接会时，刘队批评我今天的查验行为。我觉得这个批评不合理，明明是对方强横地不接受检查，怎么是我没有做好？

晚上，刘队打电话，约我出来吃宵夜。见面后他对我说：“怎么，今天下午的事还没有想开啊？”“有点，明明我是按规定检查的，外面那么吵嚷，声音不大他听不见嘛，怎么能说是不礼貌呢？”

“门岗查验是辛苦，尤其是在这种恶劣的天气下，你要让自己的情绪受控，不被外部环境影响。查验后，没问题就放行，有问题就引导到边上，仔细核实或移交生产科处理，没有必要直接与当事人发生口角或冲突。”

我说：“哥，你说的是对，可当时一下子想不到这么多啊！”

“除此之外，你觉得你还有哪里的不足？”“嗯？还有啊？你教给我的查验标准用语，我也没有说错，还能有哪里不对呢？”

“如果当时你能面带微笑，用手势告诉对方开启车门或落下车

在入厂铁路沿线设置防盗装置

窗，一定比你大声喊‘请开启车门’效果要更好。也许，你正碰到对方心情不佳，不能体会你查验的不容易。大家相互理解，就不至于出现这种双方都不愉快的情况，你说对不？”

这件事给了我一个教训，也许，这就是“长进”，也是别人比我做得更好的原因。也难怪有时候被投诉，扣了绩效分，却总是认为自己运气不好。自以为是老兵，其实，我还嫩着呢。

我的生日宴上没有我

2022 年 4 月的某天，我正准备出晚班，同事喊住了我：“佟子，张书记让你到他办公室去一下，有事找你。”

来到大队办公室，张书记对我说：“小佟，经过大队党支部两年半的考察和培养，处党委同意在今年发展你加入党组织了，过几天会安排组织谈话，你要做好思想准备。”

“真的？我等这一天已经很久了！”

“当然是真的。这两年你的工作比较出色，也基本克服了容易冲动的毛病，你的进步，大家都看在眼里了。”

回到家，我一进门就把熟睡中的老婆小穆叫醒，告诉她这个好消息。

“哟，不错啊，我们家佟子越来越有出息。”上完中班正在家里休息的小穆，没有怪我吵醒了她，和我一样高兴。

“对了佟子，下周六是你进三十岁生日，想在家里庆生，还是和朋友们一起到外面聚餐？”小穆这时也不要睡觉了，爬起来抱着我说。

“我算了一下，下周六我们正好都是白班，又好久没吃到你妈做的菜了，要不，我们就在家里庆祝一下吧。”

4 月 30 日这天，我的父母加上岳父母四人，忙活了大半天，弄了满满一桌子菜，等着我们两口子下班回家。

临近中午，我和同事小林在正门交接上岗。一辆黑色小车驶来，打算出厂。我举手示意车辆减速停车并接受检查。不料，该车略微减速后立即又提速行驶，我意识到可能要强行冲关，便迅速向侧边闪躲，车辆疾驰而过。我也来不及多想，一边呼喊“小林，赶快追上去！”一边向指挥中心报告有车辆冲关。

事发突然，经过两个红绿灯后，该车司机闯红灯在岳塘路口逃脱了追踪。

指挥中心调取正门的监控，通过车牌及司机面部特征，迅速锁定该车辆在厂内的行踪轨迹和司机个人的相关信息。下午 3 点左右，我们确认了该车辆及司机信息：钟某，外省人，为挂靠施工单位的外协人员，从事施工方的材料保管，入厂工作不到半个月，车辆上装载的物品不详。生产保卫科谢科长当即联系岳塘所干警，带着阿超、我和指挥中心海哥，前往钟某的租住地易俗河某小区开展调查。

到达该嫌疑人租住地后，谢科长让我们分头行动，他和岳塘所周所联系房东，核实信息。

“伢子，来看看这辆车，是不是中午冲关的那一辆？”拐进租住地的第二栋房子，阿超指着停在车位里的车子问我。

我一眼就确认了车辆：“是的，黑色本田车，尾号也是对的。”

“看看车里是什么情况。”海哥随即说。

车里没有人，透过左后侧门的车窗，可以看到后排座椅已经放倒，两个蛇皮袋子占据了小半空间，看不出是什么东西。

这时，岳塘所周所接到电话通知，钟某已经向当地派出所投案自首，要我们留下两个人在原地守候，其他人去往当地派出所指认核实。

干警将钟某带到租住地，一边拍照取证，一边打开车门清点车内物品。当蛇皮袋子被打开，数截被割断并剥掉外皮的施工电缆显露出来。

经反复审讯，钟某最终交代，他进入湘钢工作的 10 来天里，从施工现场偷运了三盘电缆和两台电焊机到自己负责的临时仓库。他以为放假期间湘钢对车辆查验不会那么严格，想着趁此机会将上述物资偷运出厂。闯关回到租住地后，他心里也很害怕，赶紧将电焊机以快递的方式寄往外地，再将剩余已经切割了的电缆，丢入租住地附近的池塘中。

“这家伙，这么多电缆，还有电焊机，估计是从进厂施工开始就动手了。”

“这么短的时间，连快递公司都找好了，明显是有预谋的啊！”

“毛贼就是毛贼，这些赃物连汽车尾厢和轮胎都压得那么低，怎么就能想着可以从咱们的门卫出去呢！”

大家一边聊着案情，一边从池塘中打捞电缆。等我们返回市区时，已经是凌晨 1 点多了。

我没有向其他人说今天是我的生日，只是利用吃盒饭的空隙，通过微信向小穆说明情况，要她向我们的父母解释道歉。尽管缺席了家人为我准备的生日宴，但我觉得这个“进三十岁”的生日过得相当有意义。

（整理：罗健 文字编辑：胡佩生）

火眼金睛

刘欧

作为千万吨级钢铁企业，每年有大量生产所需的矿、煤、废钢、贵重合金进入湘钢。守好原料关口、维护企业利益，是督察人员的职责所在；练就“火眼金睛”，敏锐识别弄虚作假者的花招，斩断伸向企业的贪婪之手，是督察人员的基本功。自 2009 年成为一名督察队员以来，我经历了查获钼铁作假案、废钢弄虚作假案的难忘日夜……

样品疑云

某供应商送了 2 车钼铁到湘钢仓库，共计 60 吨。

当天下午，质量部门的质检取样员在样品堆上取了一部分样，这个样是送检后作为结算的样品。我们督察队员也在样品堆中取了一个样，用作对取样过程的监督。我所取的样当天就送到原燃料检查站进行制样，而质检取样员所取的样，现场装在取样编织袋中封口，当晚存放在石灰合金取样班的存查样室里面。

第二天，将存放在存查样室的结算样取出来进行制样。原燃料检查站将“结算样”和“督察样”按正常流程编密后，同时送公司

被封存的作假合金

化验室进行化验。

化验结果出来了：督察取样化验结果钼含量为 57.2%，而质检取样化验结果钼含量为 63%，相差 5.8%。这一批钼铁的价格是 12.9 万元／吨，我算了一笔账，结算时按质检取样结果，湘钢就要多付给供应商 70 多万元。

为什么同一堆物料中取的样，品位相差如此大？我和同事们陷入困惑中。

监控对着墙壁？

在对比了两个样品检验结果的差异后，我们怀疑有人在其中作假，当即决定：对这个供应商前期所送的 23 吨钼铁进行再次取样。

经过联合取样、化验，这个供应商前期送达的另一批次钼铁钼含量 56%，而当时质检员取样化验结果是 63%，相差高达 7%。

为稳妥起见，我们将这两次的样品送到武汉国家检验中心检验，结果钼含量也在 56% ~ 57%。

检验仪器没有问题，数据是真实的，那就是样品环节出了问题！

有关部门召开案情分析会议，从取样、存样、制样、送样等环节，逐一梳理制度流程，大家各抒己见，最终的焦点集中在取样与存样环节。

石灰合金取样班距离取样地点较远。用摩托车将样品运回班里，由于是白班和中班交接时取的样，要放在班里过夜，隔日才能制样、送检。

我和同事老许、老张随后对存查样环节进行了详细调查，发现存查样室门口的监控镜头当晚并没有对着门口，而是对着墙壁。可以断定，存查样室的样品被人“调包”了。

事关重大。湘钢立即向湘潭市有关部门报案，湘潭市公安局经侦支队迅速立案，展开侦查。

监视镜头频频“闹鬼”

公安机关和湘钢密切配合，通过两个多月的内查外调，还原了钼铁作假案真相，犯罪嫌疑人冯某浮出水面。

冯某原来是石灰合金取样班的取样员，已经调离该班。

冯某是采取什么手段来实施“调包”的呢？原来，冯某虽已调离石灰班，但他对存查样室钥匙存放处很熟悉，在没有视频监控的情况下，能够轻而易举地完成钼铁样品的“调包”。我们调取那段时间的影像资料发现，存查样室的监控镜头频频“闹鬼”，有多次是对着墙壁的，关键的人像信息没有录入。就在钼铁样品存放的那晚，

督察人员现场查看合金情况

本该监控存查样室的视频镜头，苍白地对着墙壁……

于是，事件清晰了：犯罪嫌疑人冯某潜入存查样室，用供应商预先提供的较高品位钼铁样调换了编织袋中低品位钼铁样。

曾经从事合金取样工作的冯某，具有较强的反侦查能力。他以自己在医务所看病为由迟迟不归，玩起了人间蒸发。公安干警到其住所和经营的电游厅实施抓捕，也扑了个空。然而一个月后的一天晚上，某市小镇的旅馆内，当地派出所在例行检查中发现冯某为网上追逃人员，于是及时抓捕，移交湘潭市公安局经侦支队，真可谓“天网恢恢，疏而不漏”。

挽回巨额经济损失

随着案情进展和对相关人员的突破，牵出了某供应商公司的作假行为。

原来，某供应商驻湘钢代表肖某伙同冯某，多次采取“调包”手段以次充好，将低品位合金产品假冒高品位产品销给湘钢，先后谋取暴利千余万元。

最终，在湘钢和当地公安局的共同协调下，某供应商赔偿湘钢经济损失 1357 万元，肖某交由当地公安机关处理。“内鬼”冯某被开除出厂，并受到相应的法律制裁。

案件终结后的一天上午，两名公安干警将查获钼铁案追缴的 1357 万元交到湘钢领导手中，被不法分子侵占的国有资产失而复得！

一个举报电话

接下来是另一个故事。

2022 年 10 月的一天，我在开会时接到举报电话，称有一个运输废钢的团伙盯上了湘钢，通过在运输车辆中安装暗水箱进行计量作假。所谓暗水箱计量作假，就是在运输车辆上安装一个隐蔽水箱，不经过细致查看很难找到。运送物料进厂时，将暗水箱装满水；进厂计量后，在隐蔽的地方将水放掉，卸完货后再空车称重。这样，每操作一通，能产生 4 到 5 吨的虚假计量。

张网以待

我匆匆离开会场，向上级报告了相关情况。领导立即作出部署：根据举报信息，立即核查 2022 年下半年以来相关进厂车辆情况。通过摸排，初步确定可疑车辆有 11 台。

我们迅速行动，对可疑车辆进行 24 小时跟踪。10 月 17 日晚，根据可疑车辆行经路线，我们守候在厂内，张网以待。

当晚 22 时左右，发现有 2 台可疑车辆进厂，并跟踪锁定了其放水地点。考虑到还有其他可疑车辆，我们当时并没有再去行动。放完水，这 2 台运送废钢的车辆开走了。过了一会，又有 2 台可疑车辆在同一地点放水。

锁定了不法分子的作案经过，10 月 18 日上午，湘钢纪委果断决定，将 17 日晚间入厂的 4 台可疑废钢车辆及司机全部扣押。检查发现，这 4 台废钢车辆全部加装了隐藏的水箱。通过对这 4 台车辆所运送废钢进行复磅，合计磅差达到 18.2 吨，按废钢特级 A 压块单价 3110 元 / 吨计算，折合经济价值约 5.7 万元。

打掉“窝点”

这是一个通过暗水箱进行废钢计量作假的犯罪团伙。

根据犯罪嫌疑人供述，该团伙在广西某钢厂作案 2 个月，之后转战湘钢，在湘潭附近建了基地，准备大干一场，谁知没多久就被抓获了。

10 月 19 日，湘钢向公安机关报案，找到了废钢带水车辆老板设在湘潭马家河收费站附近的基地。

当天下午，按照公安部门意见，我们将该基地内堆放的废钢压块全部转运扣押，废钢过磅重量共 454.15 吨。

至此，一个靠暗水箱进行废钢计量作假的不法团伙，在湘钢督察人员的雷霆打击下，灰飞烟灭。

（文字编辑：周雪鸥）

MES是怎样“炼”成的？

范立强

2005年9月的一个星期一，湘钢宽厚板厂建成投产6个月之际，随着达产达效的顺利实现，产量大幅增加，生产运营管理难度增大。公司分管生产的副总经理把我喊到他的办公室，语速急促地说：“宽厚板厂有点手忙脚乱了，需要抓紧上信息系统。”

我们马上到宽厚板厂进行前期调研，12月初，向公司领导汇报调研情况，公司决定2006年年初启动宽厚板信息系统（MES）项目。这项工作历时将近一年，实现一次性成功上线，为宽厚板生产制造、运营管理提供了良好的支撑平台。

“小系统”与36本台账

2006年5月的一天，有个客户打电话给湘钢销售部，反映发错了货。公司安排我去调查了解情况。我到达宽厚板厂时，生产室搬出36本台账，我们一起查了一个上午，也没有查到是哪个班、哪个仓库、哪个垛位发错了货，却被这36本台账搞得眼花缭乱。公司领导看在眼里，急在心里，下定决心，要在MES系统上线前，先上一个“小系统”，以解决燃眉之急。

说干就干，公司领导要求管理创新部 10 天之内开发一个“小系统”，先把宽厚板厂的板材仓库、垛位及发货管起来。我接到这个任务后，立即向陈部长汇报，陈部长决定成立项目组，安排 5 个系统开发人员参与小系统的开发。第二天，项目组就组织需求的调研分析和业务流程梳理，第四天拿出了总体设计方案，第五天开发人员加班加点进行程序开发，终于在第十天开发完毕，并进行了测试。第十一天，公司领导亲自安排人员盘库，我和另外三位中层管理人员各负责几个垛位。

盘库从下午 5 点开始，2 人负责吊钢板，1 人负责记录钢板号，历时 3 个半小时，晚上 8 点半全部完成，大家一个个汗流浃背，肚子已是饥肠辘辘，才想起赶紧去吃晚饭。急急忙忙填饱肚子，晚上还要继续把盘库记录的数据全部录入系统。

第十二天，开发的宽厚板管理小系统正式上线，36 本台账从此成为历史，也为后面的 MES 系统上线提供了数据基础。

“我最怕你们李工的电话”

MES 系统代码及质量设计数据库体系，是整个 MES 系统的核心，因此，公司 MES 项目组专门成立了代码数据小组。代码编制小组成员主动调研和学习，尤其是虚心向业务承接单位的专业工程师请教。

有一天晚上快 10 点钟了，小李在编写冶金规范代码时遇到一个难题，她打电话给业务承接单位 MES 事业部的徐副总经理请教，一谈就是半个小时。

“徐总，我假设一下，能不能把多个外部牌号集约成一个内部钢种，这样做的好处就是，改变了传统的按牌号炼钢的模式，既能

MES 系统质量设计

满足宽厚板小批量、多品种、多规格的生产特点要求，又能满足大规模定制化炼钢的组炉、组坯要求。”

徐总分析说：“内部钢种分得太细，达不到大规模定制化目的，不便于组炉组坯；分得太粗，又难以满足客户个性化要求，同时需要建立内部钢种和订货钢种的对照表，你们按照某钢铁公司的模式做就可以了。”

照搬某钢铁公司的做法，业务承接单位也不可能提供整套代码给我们。小李只能边学习边请教，花力气收集代码基础数据，然后把初稿提交给科技开发中心。收到内部钢种、PSC 码（产品规范码）、MSC 码（冶金规范码）等初稿后，第二天，在 507 会议室，组织专业技术人员对内部钢种、PSC 码、MSC 码等每个代码逐条进行审核、确定，花了整整三天时间，终于完成了 PSC 码、MSC 码及内部钢种等代码规则的讨论，最终确认 106 个内部钢种。

在代码小组成员们的努力下，历时 3 个月，终于完成了具有湘钢特色的《宽厚板 MES 系统代码手册》编写和发布，包括 186 个类别的代码并编印成书。

看似平常最奇崛，成如容易却艰辛。关于“代表板未产出或试样作废的解决方案”的争论时间最久、最激烈，双方谁也说服不了谁。他们甚至还拿出 500 元钱放到我手中，如果最后确定某方错了，500 元钱请代码数据小组成员吃一顿；如果最后确定正确，我将 500 元退回给他。当然，也曾发生过许许多多因合作解决某个问题而把手言欢的佳话。

一分耕耘，一分收获。MES 系统成功上线表彰大会上，业务承接单位 MES 事业部黄总发言时，着重感谢代码数据小组建立的质量设计数据库体系对 MES 项目的贡献。黄总的一个感谢，让代码小组的成员流下了激动的泪水。

后来徐总对我们说，他最怕接李工的电话，但同时又对李工的工作十分认可，尤其是她的钻研精神和韧性。

从“二传手”到“板凳队员”

炼钢区域 MES 与 L2 的在线调试一直不顺利，大家束手无策。有人说，这个外国工程师是个冒牌货吧，根本不能解决我们的问题。

一语点醒“梦中人”。宽厚板厂副厂长心急如焚，他决定直接与某国外公司沟通，要求改派其他工程师来现场调试。原来，这家公司派到湘钢现场的是一个联络人，不是工程师，每次有问题，他都要发邮件给国外公司专家团队，不能面对面沟通，实际上是个“二传手”。

原来如此。某国外公司强调他们的工作方式就是这样的，都是由联络人通过网络系统解决现场遇到的实际问题。在我公司的强烈要求下，对方改派了一个印度工程师前来。这个印度工程师一到湘潭，当天下午就直奔宽厚板连铸主控室，立即投入工作，一直忙到6点半钟还没有吃晚饭。公司IT团队人员为他买来一瓶牛奶和两个面包，印度工程师很高兴地快速喝完吃完，又马上进入工作状态，晚上快10点才收工，又坐上我们团队成员的电摩去宾馆。

这位印度工程师不但年轻，而且一点架子都没有，工作第一，这种极大的反差，反而让我们担心他的业务水平了，最怕是个“板凳队员”，而不是技术尖子。

第二天接着调试，印度工程师工作态度上还是没话可说，但是能否真正解决问题，我们半信半疑，拭目以待。经过两天的紧张工作，印度工程师完成了炼钢连铸L2与MES的接口在线调试，第三天又完成了炼钢转炉L2与MES的接口在线调试。宽厚板厂副厂长露出了笑容，MES按期上线的最大障碍终于被扫清。

紧张赶跑了瞌睡虫

历时近一年时间，凝聚湘钢和业务承接单位项目团队心血的MES系统终于要上线了。上线切换时间定在2006年12月20日，我们的心情既紧张又盼望。

上线前三个月，项目组成员基本上没有休息日，白天晚上轮流转，特别是在数据准备和测试过程中，不但要完成相应的测试任务，还必须组织制订业务处理方案、改进方案，还要承担数据收集、培训等工作。

谁都想一次性成功。为了确保实现上线要求的库存量，生产管理中心和宽厚板厂、销售部等相关单位密切配合，继续梳理问题，制订切实可行的措施，组织日协调、班跟踪，成品库和中间库基本实现零库存，为 MES 系统成功上线创造了条件。

12 月 18 日，在炼钢区域安排的 16 小时检修时间内，将公司宽厚板 MES 系统中涉及炼钢区域和板坯库管理模块的所有功能、大型工器具管理模块，铁水预处理 L1、转炉 L2、精炼（LF/VD）L2、1 号连铸（板坯连铸）L2、加热炉 L2、检化验系统等，全部切换投入运行。在定修开始后 36 小时内，将厚板中间库的库存降为零，成品库的实物库存降为零，公司宽厚板 MES 系统中涉及厚板区域的所有功能，主作业线 L2、ERP 系统、运输管理等全部切换投入运行。

现场指挥小组设在宽厚板厂调度室旁边的会议室，业务承接单位 MES 事业部的黄总经理等 4 人指挥小组成员进驻指挥部，每人配备一台对讲机，随时下达指令，跟踪进度。黄总有某钢铁公司 MES 系统切换上线的经验，连续三天三晚，他坚持在指挥部调度指挥。我们劝黄总去宾馆休息一下，他坚持不肯离开，中间只稍微打了个盹，饿了就去食堂吃碗面条，只要接到电话或对讲机的报告，立即精神

吊车司机按 MES 系统指令操作

焕发，思路清晰。

12 月 20 日早上 8 点，扣人心弦的时刻来临。“各就各位，准备上线！”在黄总指挥下，MES 系统切换上线，系统运行良好，数据急速更新……

“成功了！”黄总激动地大喊一声。

“成功了！”项目组参战人员怀着喜悦之情，以茶代酒一起碰杯，一片欢呼。

让堵库不再发生

MES 系统正式上线 4 天后，取制样成了流程运行的瓶颈，试样待判量达 10000 吨，800 多个试批样未加工出来或者干脆找不到，严重影响产品发货。项目组、生产管理中心、科技中心、瑞兴公司领导深入现场，跟踪解决存在的问题。一个星期之后，取制样不再成为瓶颈。

正式上线 8 天之后，我们发现板材成品库发货有点困难，第 11 天就发生了堵库现象。钢板库中一个垛位上有十几块，甚至上百块钢板，实际作业时，必然存在倒垛。我们发现，频繁倒垛是发货速度慢、堵库的主要原因。

宽厚板生产具有多品种、多规格、多工序、流程复杂的特征。要想实现合理地划分库位，合理地堆垛以减少倒垛，提高库位利用率，加快物流周转，便于下道工序作业及出厂作业，必须进行库位的精细化管理。为此，引入库位管理的堆垛记号、配山指标，并在系统中完整地贯穿和使用起来，成为系统设计的关键技术之一。那为什么会发生频繁倒垛？我们不得其解，难道是系统设计的堆垛记号、配山指标有问题吗？

“黄总，您好，我们板材成品库发生堵库了，不知道是什么原因，能否请您过来指导一下？”我打电话给业务承接单位 MES 事业部黄总经理。他当天晚上坐飞机，第二天一大早就到了公司。

打开 MES 系统查找原因，发现堵库的主要原因是垛位钢板“夹花”，发货时要按合同发货，就必须将上面不属于该合同的钢板移开，将需发货的钢板吊到火车或汽车上，然后再将前面移开的钢板吊回来，有多个垛位均出现此情况，哪有不堵库的呢？

黄总立即找来生产管理中心板材生产计划编制人员，要求他们讲一讲是如何编制计划的。第一个发言的是陈计划员，由于画面已投影出来，大家看得一清二楚，他下达该轧制计划时，考虑了板坯堆垛情况，也考虑了品种规格和合同。黄总表示赞许：“很好，你们预先就考虑到了，所以板坯没有发生倒坯的情况。但为什么编制轧制计划时，没有考虑同一个合同的产品最好堆在一起？”

陈计划员被黄总这一问，非常紧张，大冬天的竟冒出汗来，只好回答道：“我做计划时真没有想到这一点，我以为系统会自动考虑。”黄总说：“系统会提供一些帮助，但需要我们计划员按一定条件去层层筛选。”

后面又问了其他几个计划员，回答与陈计划员基本相同。黄总弄清了堵库的真正根源，在生产管理中心的轧制计划编制。他要求计划员现场编制轧制生产计划，大家在一旁看，发现不合理之处及时纠正。计划员们在黄总指导下，虽然编制速度不快，但考虑问题周全，轧制计划的编制质量明显提高。

跟踪两天的计划编制，板材成品库发货倒垛情况大幅减少，库房发货逐步顺畅。从那以后，宽厚板厂成品库再未出现堵库的现象，堵库的情况成为往事、成了故事。

（文字编辑：刘纲要）

时间赛道

汪筱凡

“小汪，物管部财务科现在人手紧张，部里想让你去支援一下。不过，那个地方工作可比在咱们内行当出纳复杂得多，你要有思想准备哦！”那是2000年初，毕业才半年，还在湘钢内部银行当出纳的我，接到行长的电话通知。

去还是不去？困扰我一晚上。

我心里还是有一个小小愿望，总不能当一辈子出纳吧，毕竟不想当将军的兵不是一个好兵嘛。我想起一句话：年轻就要折腾，就要尝试。于是，我欣然来到物管部财务科报到，做了一名库存管理会计。

恼人的票据

2000年前后，湘钢的财务系统运行都是财务软件和手工票据并行。刚去的第一个月，还没到月底，我的办公桌上、办公桌下的地上，像摆地摊一样，堆满了一堆一堆的各单位原始领料票据。我脑袋一热，感觉周围的空气都变得沉闷起来：天哪！要一张一张票据核对领料单，按会计科目进行逐项分类汇总，再手工录入软件系统。四年的大学生活，难道换来的就是现在每天与这一大堆票据为伴？一遍又一遍地重复着审核、分类、输入、记录，教授们说的激扬文字和指点江山又在哪里呢？

转念，我又马上恶狠狠地鄙视自己。我这么一个元气十足、活力无限的少女，居然被这一堆恼人的票据打败了？不可能！既然选择了，就不能退缩，老会计们能干的事，我也能干！

虽然那种坏情绪有时仍然让我感觉胸闷气短，但我告诉自己：应该从容地迎接它、安抚它，再平静地送走它。时光流逝，我的心也慢慢趋于平静。

想到了碎纸机

2001 年初夏，那天是五月的尾巴。正一头埋在领料单里对账的我，忽然被科长激动的声音惊得一哆嗦。“大家把手头工作放一下，我有重要消息要宣布！”

“重要消息？”空气似乎一下子凝固起来，科里同事们先是面面相觑，后又把眼光齐刷刷地望向科长。

“为了实现‘资金流、物流、信息流’三流同步，把财务人员和库房管理人员从烦琐的日常业务中解脱出来，公司决定上线 ERP 系统了。”科长说。

“ERP！这是个啥系统？”我好奇地问。

科长不紧不慢地拿出她开会常带的笔记本，认真地念着记录：“ERP 系统包含几个模块，每个模块对应着一个业务领域，每个模块都有自己的工具集，具有自己独特的功能。它的仓储管理系统是针对仓库管理的，这个系统就是和我们财务系统连接使用，用于核算公司的物料成本，主要作用集中在采购信息的辅助以及事后成本

学习探讨 ERP 操作流程

的计算。”

科长一只手撑着办公桌，一只手扶了扶眼镜，娓娓道来：“我们负责的库存模块，是 ERP 系统开发的重要环节，同时也是首要环节，基础数据初始化工作交付压力会比较大。我们要把全公司各个生产厂耗用的每一条物资领用信息、采购客户等相关信息，一点一点地录入系统。而且，上线之前，原来的手工处理数据工作不能停下来。必须在规定的时间内完成这项工作，后续模块的工作才能顺利进行。”

她停顿了一下，面露难色地说：“这次 ERP 系统上线，是我们湘钢信息化改革的第一步，运行成功后，可以把大家从纷杂琐碎的业务中解放出来，更好地做好库存管理财务工作。但是，给我们科的库存数据初始化处理时间，只有两个月。”

“两个月？不能吧，太赶了！”

“这么多数据录入，要仓库搞就是了，我们财务配合一下，不就行了吗？”

“我没有时间啊，我家娃马上要参加中考，我要陪他补习，搞不赢。”

而我，心里却长长地舒了一口气，居然脑补出这样一个画面：如果这个看似很厉害的 ERP 系统上线后，我眼前的这一大堆领料回单，会不会被“唰唰唰”地全部切入碎纸机。想着以后真的要告别这些曾经让我眼冒金星的领料单了，心里还居然有些舍不得，我是不是有点“小贱”啊，哈哈！

同事们七嘴八舌地讨论起来。科长耐心解释初始化仓储数据必须有财务人员参与录入的原因，因为财务人员专业又细致。大家达成了共识：先把仓库里的单据进行分类，分组分单位进行前期数据导入。

“血鸭店走起”

初始化任务相当紧迫，面对翻了两倍以上的工作量，我们科后面的工作肯定将处于“癫狂”状态。

白天，平时正常的业务不能停，月底的报表还得按时按质出来；科里增配两台电脑，专门用于信息初始化。每个人都感觉时间不够用，住得远的同事，晚上加班至下半夜，干脆把自家的行军床搬到办公室，太晚了就在办公室将就休息一下。

每个生产单位领用的材料备件都各不相同，每个物料今后都要赋予它专门的编码，配备专门的“身份证”，稍有疏忽，就会导致单价不对、物料成本错误，最终系统结果出错。

日常手工式工作、数据初始化录入、核对数据……科室的同事们每天起早贪黑，夜以继日，循环往复。

“吴姐，下班了，你快去学校接宝宝，这里的事我先顶着，你忙完再过来。”

吴姐揉着疲惫的眼睛看着我：“啊！就下班啦？好的好的，我先过去接下我家‘小祖宗’。时间太紧了，我带他在外面吃点，马上就回来替你啊！”吴姐匆匆离去。

数据清理是个庞大工程，怎样提高录入效率，谁都拿不出高招，只能采用最笨拙的办法：熟能生巧加细致用心。长时间枯燥而连轴转的伏案工作，早晨一觉起来，有的人脖子都不能动了，跑到湘钢医院理疗科做牵引治疗。

两个月的限期眼看就要临近，仓库的同事只要有时间也过来帮忙，整理料单。那段时间，科长定时都会给我们倒计时播报：

“只有两周时间了……”

“只有最后一周了……”

我们恨不得来个“分身术”，一个做手工日常业务，一个去做初始化。好不容易等到初始化数据全部录入系统，大家都特别兴奋。

“血鸭店走起！”好多人齐声呼应。

四天四夜

系统校对是一个大难题，科长把任务交给我和科里新来的小郑先生，问我们敢不敢接。“这有什么不敢的！”小郑先生拍了拍小胸脯。采购仓储主管也派了一名年轻人过来协助，我们三人组成“稽核小分队”。

此时，倒计时只有四天了。

我们三个一商量，啥也别说了，先整一箱泡面到办公室，这玩意可是当时加班的“神器”，还不约而同把毛巾、牙刷也带到办公室。

没有时间让我们试错，我们首先把公司所有的通用物料统统导出来，规格、大类、价格等逐一核对，再分单位、分类别，对其他所有物料大项小项确认无误。就这样在办公室待了四天，每天看电脑时间 12 小时以上，查验、分析、纠错。

最后一天最关键，我们加班至凌晨 3 点 20 分，系统数据与手工台账、明细账、总账全都核实一致。大家干脆决定不回去了，反正那时正好是大夏天，又不担心着凉啥的！一个趴在电脑桌上埋头就睡，一个靠在小沙发上闭眼休息，一个直接歪倒在凳子上毫无顾忌地打起小呼噜。直至早晨太阳升起，我们仨都不好意思地相视一笑，仿佛又回到了大学生活：在水龙头边排队，刷牙洗脸。

一大早把数据交到项目组，测试后显示没有差错，数据导入成功，我们给公司 ERP 系统铺下了第一块砖！通过库存组织的设立，湘钢将实现物资的集中管理和产成品、中间产品的归口管理。那曾经在我们眼前跃动的一串串数字、那一个个忙碌的身影，将成为韧性强、潜力大、活力足的湘钢信息化管理的生动注脚。我们三个人乐了，偷偷地比画一个“胜利”手势。

革自己的命

到了 2002 年 6 月，湘钢 ERP 信息系统的库存、采购、销售模块全部上线成功，实现了物流、信息流、资金流“三流”高度集成的统一管理模式。从此，湘钢财务人彻底告别之前的手工纸质计算报表，所有的原始数据几乎都可以通过软件直接上传到财务系统，把财务人员从烦琐的手工劳动中解放出来。

大家还沉浸在新系统成功上线的欢乐中，公司却已出台新文件：所有二级单位重新定岗定编。财务部库存会计这一岗位的绝大部分工作，都被计算机替代了，物管部财务科合并入采购部财务科，多余人员重新安排。

一石激起千层浪。财务系统的人们一片哗然："不会吧？我们这么辛辛苦苦没日没夜地工作，换来的就是这个结果？"

"这真是一场自我'革命'啊！"有人重重地叹了一口气。

曾经和我战斗在一个战壕里的吴姐、小郑分流去了两家子公司，心中纵有万般不舍，也只能各道珍重。这种"阵痛"，是企业信息化发展必经的历程。

我坚信，在时间赛道上，我们所承受的，终将有助于我们所向往的。

（文字编辑：胡佩生）

富丽堂皇的“航天座舱”

董振波

带着 6 岁的女儿散步在杨梅洲头，湘江对岸就是我工作了十多年的钢厂。碧树掩映中的连绵厂房，与冬日艳阳下的江水相映衬，融为一幅绝美的画卷。突然，女儿喊道：“爸爸快看，有飞机！”我望过去，原来是我们厂里的 5G 无人机开始定时巡检了。我冲女儿笑了笑，想起 2019 年 9 月那天，设备周例会的情景。

步子迈得真有点大

“小董！”忽然听见分管设备的郭厂长点到我的名字，因为没有思想准备，竟然浑身打了个激灵。我赶紧看向领导，以示正在洗耳恭听。“你抓紧收集一下国内相关项目的动态和资料。”郭厂长又转头对着所有人说：“炼钢、轧钢各车间操作人员要整合，成立一个以 5G 技术为载体，集数据汇聚分析、运行指挥联动、成果体验展示为一体的集控中心，逐步做到人员精简、劳动力优化。这将是未来钢铁行业发展的趋势，由设备室牵头出方案。”

散会后，我正琢磨着现场操作系统的多样性和复杂性，要糅合到一起，怎么实现？况且，5G 的商用在国内还没铺展开来，我们这步子是不是迈得太大了，有点不切实际？

不容我多想，设备室彭主管突然叫住了我：“波波，两周内，我们必须把方案拿出来！”这时候我才意识到，我们科室接到了一个艰巨任务。

彭主管是我们科室智能制造的牵头主管，行事果断。虽然我们厂作为湘钢智能制造的排头兵，成功实施了不少智能制造项目，但是像这么集中地成立一个全厂集控中心，此前只是想象中的存在。而时间又这么紧张，才两周啊，我的老天！

两周时间，需要摸排全厂 20 多个操作台所有操作系统的情况，确定集控中心选址，对现有操作岗位进行重新编排和优化，还需要出具初步效果图以及方案设计构想材料。这一下几乎让我犯了难，从哪开始着手呢？

下班回家打开电脑查阅，看能否收集到丰富的资料以资借鉴。这一查倒好，除了广告还是广告，想要的项目经验几乎一片空白。我一夜辗转反侧，懊丧不已，但已经满口答应领导了，还是先干起来吧。

第二天一大早，我备好纸和笔，准备一个个操作台去走访、记录。由于之前在轧钢干过点检，就先从熟悉的轧机操作台开始统计吧。一个上午过去，粗轧操作台的系统以及操作界面需求才刚好统计完成，这还是我最熟悉的区域啊，其余 20 多个怎么办？这样下去，两周时间连第一步工作都完不成。退堂鼓又在心中敲起来，我甚至怀疑自己的工作能力。

垂头丧气地到了午饭时间，正好在食堂碰到彭主管，便抱怨眼下的窘境。彭主管笑了笑：“都已经安排好啦，每个区域都有车间相关的负责人配合我们做好统计，两天之内就可以完成。”领导就是领导啊，总是想在群众前面。

智慧中心二期

接下来面临选址问题。首先想到办公楼二楼的大会议室，却又不可能占用。但我们厂内哪里还有这么空旷的地方呢?

这时候接到一个电话:“快到楼顶，处理一下水箱漏水的问题!”

“马上到。”我来不及多想就跑上去。

办公楼的六楼是顶层，北侧共有 20 多个房间。由于漏水以及隔热问题，很多人受不了这个环境，渐渐地都搬离了。只剩下几个房间作为档案室，空出来很多房间。

处理好楼顶水箱控制阀的问题，我跑到六楼西头一个最大的房间。站在小阳台眺望湘江两岸的郁郁葱葱，忽然间灵光一闪——如果六楼这部分房间的墙能打通，再把漏水问题处理好，不是个绝佳的位置吗?

我马上把这个建议汇报给彭主管，又找到办公楼设计图纸资料，确认好面积以及墙体可拆无误后，接下来一级一级汇报审核。彭主管回来笑着告诉我：“厂领导基本同意这个选址方案，没想到我们还有这么个宝贝地方。赶紧地，三天内出效果图。”

“什么，效果图？这也太快了吧！”如果是平面图的话，我恶补一下 CAD，三天还是可以应付出来。这下要渲染 3D 效果图，完全没有经验呀。

“需要马上看到效果图，加紧联系装修公司。”彭主管笑呵呵地补充道。

接下来两天时间，跟装修公司的设计人员反复沟通，确认好面积，实地测量所有横梁位置的层高。这也让我获得了一个特别的能力：往那一站，基本就知道楼层层高，偏差不会超过 2 厘米。

效果图出来，厂领导当天就邀请相关部门专家进行专题会商，专家们对各方面细节都给出了具体指导。所有操作台需要搬迁的内容，在各车间工程技术人员大力协助下迅速统计完成，设计方案初稿前前后后修改了 10 多遍，获得厂领导的基本肯定。“智慧中心”——项目终于有了属于它的名字。

给未来预留空间

接下来一个月，根据初步敲定的方案，我们先对六楼一半的区域进行改造，把西北头的墙体打通。这个偌大的空间，彭主管和我开始憧憬它未来的实际样子：这里放置块大屏幕，这里搞个 5G 展台，这里设计个电动门，这里可以设计个休闲观光区域……

“预留的电视墙位置设计高度不够，以后操作视线肯定挡住了。”

“操作台的初步设计，按钮摆放不了这么多，操作摇杆种类太多，能不能做进虚拟画面？”

同时面对这么多难题，显然我们前面高兴得太早了。被这些细节问题纠缠了一个多月，眨眼间到了 2020 年元月份，一场席卷全球

员工正在操作

的疫情来了，智慧中心的项目建设不得不暂停。

3 月份，全国陆续开始复工复产，智慧中心项目也进入紧张的设计审核和设备材料采购阶段。厂里安排更多的工艺、电气等相关技术人员介入项目，我们团队的技术力量大大增强。

终于在 6 月中旬，智慧中心一期的雏形打造完成。几个月前这里还是凌乱不堪的房间，看着一块块拼接屏幕亮起来，彭主管招呼道：“走，去楼顶看看。”

我们几个项目人员到了顶楼，看着晚上 10 点依然繁忙的钢板发运码头，货船穿梭于江面，流光溢彩，大家的心情并不平静。我们都知道，接下来还有更加艰巨的调试任务，智慧中心必须做到 9 月前上人操作。

时间不等人。需要融合现场 100 多台、多达 20 套不同 PC 端的虚拟化服务器系统，我们从来没有过这样的使用经验，方便操作的 KVM（键盘、视频、鼠标多功能控制器）也是第一次应用到操作，容量上百 TB 的视频服务器存储系统，应用在湘钢也是首次。智慧中心日后上人操作，任何影响操作的问题，都会有造成生产事故扩大的可能性。生产工艺要求又十分严苛，搞不好还要担风险。但是，一股不服输的劲儿，使劲地推着我们往前走。

设备安装调试的进度非常缓慢，一串串的难题也凑热闹般地暴露出来。工期节点眼看着一天天就要到了，自动化车间领导带领他们的所有技术人员，利用下班时间调试安装网络设备，安装操作台，熟悉新平台软件。这种情景，让施工单位竖起了大拇指。

7 月 9 日，机房 UPS（不间断电源）正式送电，炼钢 MES 网络对接完成，连铸区域 HMI（工业操作界面）部署完成。

7 月 14 日，连铸、轧钢、精整三层网络打通。

7 月 18 日，轧钢 HMI 画面部署完成。

7 月 21 日，智慧中心工业电视接通现场所有画面。

7 月 25 日，所有网络全部打通，对讲系统部署完成。连铸区域台上人员成为智慧中心的第一批主人。

8 月 1 日， 所有 HMI 画面全部完成，并且通过虚拟化画面操作测试。

好消息不断传来。8 月，一个数字化、多功能化的智慧集控中心，在人们的惊叹中呈现于湘江之滨。180 多天的从无到有，为五米板数字化转型奠定了坚实基础。

宇宙级“航天座舱”

智慧中心是一个平台，利用 5G 技术，将现场不同的先进设备和网络数据转换为有用信息，这赋予它真正的活力。我们的偶像级企业家——华为任老爷子曾来到这里，和湘钢的领导们长谈，探讨智慧钢厂的未来发展。

2022 年初，智慧中心二期项目完工，整个六楼北栋终于打通了，看起来，就是一座富丽堂皇的宇宙级“航天座舱”。随着湘钢与中国移动、华为公司结成战略合作伙伴关系，厂区 5G 不断完善，转炉炉后无人化、精炼 LF 炉（钢包精炼炉）智能化、智能电子操作台系统、无人机巡检、轧线自动转钢、天车无人化等一系列项目，不断加入智慧中心。越来越多的人熟悉了整个智慧中心的操作流程，设备运行越来越稳定，不断有新来的大学生加入智慧中心这个团队。

（文字编辑：王班勇）

跨界

袁君奇

我是一名普通的智能制造发展与应用研究专家工程师。2020 年初，突如其来的疫情冰冻了十里春风路，夺走了这个春节的欢声笑语，一直默默无闻的我，参加了非常时期的跨界之战。

初战

2月1日晚，我已回老家过春节，突然，一阵急促的电话铃声响起，公司领导让我立即回厂，有紧急任务。“小袁，疫情非常严重，湘潭抗疫物资十分匮乏，请你立刻回来，协助湘潭口罩生产线解决设备使用上的问题，扩大生产量。那里需要你的帮助。”

原来，是派我去支援湘潭某医疗用品公司。

抗疫最简捷有效的办法，就是戴口罩。由于新冠肺炎疫情的突然暴发，一时间“一罩难求”。国家三部委发文，鼓励企业通过技术改造增添生产线，迅速扩大口罩产能，满足市场供应。在这一特殊时期，众多企业跨界加入口罩生产大军。但是，隔行如隔山，作为“门外汉”的非口罩制造企业，在口罩生产技术或设备上遇到了重重困难。许多企业设备不足，或者设备不适合生产口罩，导致生

党员突击队支援某医疗用品公司口罩生产

产效率低下，无法生产高质量的口罩。“回报社会”是湘钢企业使命的重要内容，尽最大力量帮助他们，我们责无旁贷。

按照省、市政府和湘钢集团公司统一部署，我们单位迅速组织自动化、仪表、机械等方面的 11 名核心技术力量，成立党员应急小分队，第一时间奔赴湘潭某医疗用品公司。他们的工作人员说：“口罩生产线的设备到了，但是，受疫情影响，对方厂家技术人员不能出城，无法现场安装调试。”

我们这些钢铁企业的，从来没有接触过口罩生产设备，看着这三条完全是散件的口罩生产线，我只好说：“我们也没有安装维护医疗生产线设备的经验，但工业生产设备的安装、调试和技术参数的原理是相同的。凭我们长年与工业生产设备打交道积累的经验，争取早点看懂图纸，摸索设备结构，了解技术参数。”

安装调试口罩生产线并非一件易事。口罩机属于非标设备，零部件众多，一台口罩机的非标件高达 400 多个，螺丝好几千个。没有机械装配图、电气接线原理图以及 PLC（可编程逻辑控制器），也没有备件。尤其是春节期间，设备生产厂家放假，无法联系到对方的技术人员，遇到问题时，只能我们自己寻找解决方法。

可能由于运输原因，有部分设备的配件遗失。缺少零件图纸，我们就现场测绘，找机床紧急加工；缺少弹簧顶针，拿硬铁丝临时制作；耳带切刀无法剪切，就用砂轮重新打磨；没有控制程序，我们通过修改软件程序，编写适合的程序……夜以继日的奋战之下，2 月 3 日凌晨 5 点，第一条生产线终于开始运转。为减少口罩机的关键部件超声波熔接故障，我们分析超声波模头阻抗特性，采取针对性措施，改善超声波使用效能，快速提高口罩生产线产能。

第一条生产线的成功运行，积累了宝贵经验，7 个小时之后，第二条生产线又完成安装调试。5 天时间，该公司三条口罩生产线全部投产，日产能达到 16 万只。

转战

回到家中，我累得顾不上洗漱，躺在床上便进入了梦乡。第二天刚睡醒，又接到紧急电话：由于疫情严重，不仅仅是湘潭，湖南其他多地出现了与湘潭同样的困境，口罩设备制造厂家无法派出技术人员前来进行设备安装调试，求援信和电话纷至沓来。于是，湘钢的 8 批技术团队火速集结，日夜兼程，转战长沙、常德、益阳、岳阳等地区的 12 家医疗器械生产单位。饿了，蹲在机器旁边吃盒饭；

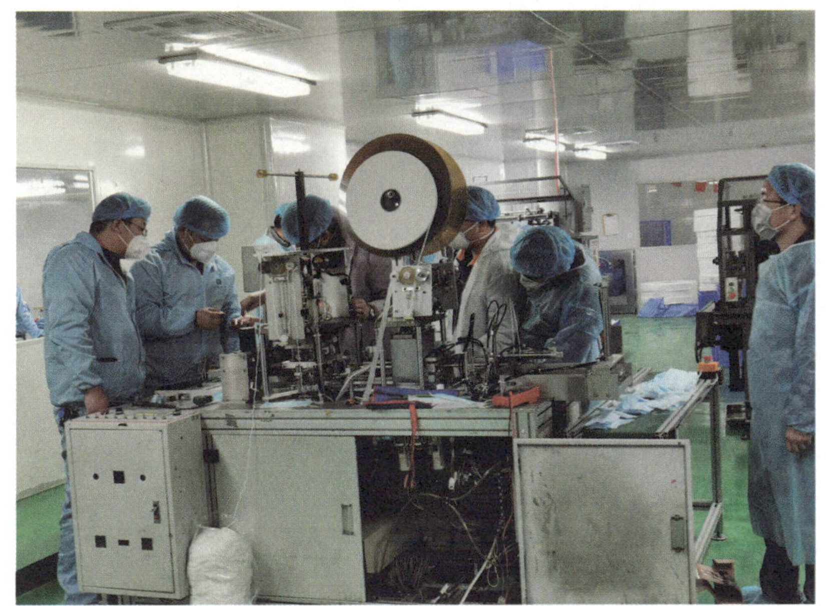

口罩机调试现场

困了，就找块空地打一阵瞌睡。队员们 24 小时轮番上阵，争分夺秒抢进度，往往一天只能休息三四个小时。我们都抱着一条信念：生产线没有开动，就绝对不能撤出！长达 100 多天的“跨界之战”，共计完成将近 100 条口罩生产线的安装调试和运行护航。

由于工作时间紧迫，队员们在晚上才有时间回复家人的视频电话。

“怎么样啊？”

“还好，就是忙点累点。”

“再忙也要注意休息，千万记得吃降压药。”

“知道，你在家里更加要注意，孩子还小，看紧点儿！”

“完成任务，早点回家。”

我的 34 岁生日那天，晚上刚结束一台设备的检修，收到妻子的视频电话，妻子和孩子们的画面映入眼中。孩子们说：“爸爸，生日快乐！”妻子说：“老公，看，我给你做的生日蛋糕，看见了，就算吃到了。”生日快乐的歌声，回响在电话两头，我眼圈发红，强忍着不让泪水掉下来。

中共湖南省委、湖南省人民政府向湘钢发来感谢信，赞扬湘钢想湖南之所想、急湖南之所急，对湖南疫情防控工作倾情关心、慷慨相助，为打好疫情防控总体战、阻击战作出了积极贡献。7 月 1 日下午，省防疫物资保障组办公室授予湘钢“湖南省疫情防控突出贡献企业”称号，并且送来感谢信。

赴京

2020 年 9 月初，我收到自己获得“全国抗击新冠肺炎疫情先进个人”荣誉称号的消息，感到非常惊喜。我明白，这其实是对湘钢积极履行社会责任的充分肯定，是给予所有参战队员的最高褒奖。

9 月 8 日，我来到北京人民大会堂接受颁奖，现场聆听习近平总书记的重要讲话，热泪盈眶。我又想起那 100 个“战疫”的日日夜夜，自己只是其中一员，由于职责所在，能够有机会跨界担当。

习近平总书记的重要讲话让我深深领悟到：当祖国需要的时候，不畏艰难，冲锋在前，无私付出，我们每个人就都一定会有自己的高光时刻！

（整理：袁凌汉 文字编辑：刘纲要）